封神榜裡的哪吒

◉ 奚淞／著

聯合文叢 633

目次

017

封神榜裡的哪吒

雖然此刻的我比一粒微塵更輕，
比蝶翼更薄，我四處流轉一無定處……
可是師父，就如你聽見的，
我還是在哭，忍不住的眼淚
使我還想加入到世間的不完美裡去……

057

哥兒倆

「小昆——我們將來要過一種熱烈的生活。」……

表哥很興奮：「只要我們團結起來，

就什麼也不怕了。」

我的頭腦飛快地轉動，未來的世界突然明亮起來，

新鮮、豐富，充滿了傳奇和刺激。

……我緊緊地擁抱住表哥，雀躍起來。

079

盛開的扶桑花

美惠，明天又是爸的周年忌日了，
我想告訴你的，
是關於另外一個熟睡在黑暗裡的
靈魂。
究竟有什麼異同之處——
將來的和
已然逝去的？

103 秋千架上的小露比

「這簡直不是小孩，這是掃帚星，
是魔鬼派來破壞我的家庭
和我一切努力的——」
小陳聲嘶淚下地說：
「——我是她爸爸，我要給她一切，
給她世界上最好的一個家，
為什麼她會變成這樣呢？」

117

吳李錦鳳的禮拜天

她看見在黝暗的河流彼岸，
從遙遠的都市裡亮起紫紅的光網，
在這禮拜天的夜晚，洞照了半邊天色。
她看見新起的都市大廈群排結著，
在她移動的目光中，
像一列燈火通明、
在夜晚中即將緩緩駛動的火車……

149 病

到底我的臉怎麼樣了呢……
志超，醒醒，我的頭好難過，
你替我扭一把冷毛巾好嗎？
黑暗中，亞男努力翻轉身，伸手去摸觸那鼾聲，
手祕密地伸出，又祕密地縮回來。
志超，我沒有臉見你！

175

奪水

孩子，瞧你，又在黑暗裡撞了頭了。
來，我幫你揉揉……
有什麼用，你還會再碰，一次又一次。
黑暗裡，你要用頭撞開什麼呢？
……

〔序〕

追憶我們的似水年華

——寫在奚淞《封神榜裡的哪吒》重刊之前

白先勇

算算我跟奚淞結緣已有五十年了，半個世紀前第一次見到奚淞時，他還是個二十剛出頭、神采飛揚的年少書生，那時他看起來眉眼高挑，有幾分孤標傲世的模樣，可是幾句話下來，我就發覺他原是個善解人意、一點就透極端敏感的人物。我們一開始結的應該就是「文字因緣」。那時我正在寫《臺北人》的系列，那是我的《哀江南》，寫的是江山崩裂後一群外省人流離失所、落魄飄零的悲劇故事。

大概那些故事中一些愁緒觸動了奚淞，所以他放心將他的第一篇小說〈封神榜裡的哪吒〉交到我手裡。那是一顆璀璨發光，文采灼灼的寶石。哪吒「割肉還母、剔骨還父」的一則寓言故事，是一篇〈天問〉。謫落紅塵的三太子，仰問蒼天，生命的終極意義到底為何？這篇小說是以極為抒情詩化的文體寫成，形式完全現代，我把奚淞第一篇小說發表在《現代文學》上，馬上引起當時文藝圈中議論紛紛，都在揣摩這位青年作者到底想講些什麼。

事隔多年回頭看來，奚淞與哪吒太子原來有這麼深的宿緣。他在塑造封神榜裡的哪吒時，恐怕下意識竟把自己代入了哪吒這個角色裡了，他一生中不是一直在「天問」，追溯生命的神祕意義嗎？哪吒最後化身成「一朵端麗的蓮花」，這不也正是奚淞最後嚮往的涅槃境界嗎？其實奚淞很年輕很年輕時已寫下了自己的生命寓言了。

奚淞在《現代文學》上一共發表了三篇小說，另外兩篇是〈盛開的扶桑花〉及〈吳李錦鳳的禮拜天〉。奚淞的小說不多，可是每篇他都在尋找一種有創意的藝術形式，探索人生一些終極的問題。〈盛開的扶桑花〉是我看過對於「生」與「死」有著最敏銳探究的短篇小說。這篇小說奚淞注入了極深厚體貼的情感，應該是自傳性的。

如果奚淞的小說寫作繼續下去，我相信他會寫出更多深刻動人的作品來。那個時節是奚淞的「藍色文學時期」，我們在一起談論得最多的也是有關「文學」這個牽涉人生最深的題目。那時台灣的文藝思潮，西方的現代主義當行，我們很自然的就談論到一些現代主義的作家作品了。喬哀思的《逝者》，最後那一幕大雪紛飛的場景：只落得白茫茫一片大地真乾淨，人的七情六欲一時冰消。湯馬斯・曼的《威尼斯之死》，大導演威斯康堤把這篇小說改成了一部淒愴無比的電影傑作；衰老病危的音樂家阿申巴赫在海灘上臨終的那一刻，伸出絕望的手，想去捕捉美少年達秋，指向天涯的青春幻影，青春與暮年，那一幕是一則摧人心肝的人生寓言。奚淞與我都深愛李商隱的詩，尤其是他那首〈暮秋獨遊曲江〉：

荷葉生時春恨生
荷葉枯時秋恨成
深知身在情常在
悵望江頭江水聲

人之大患患於有身，人之大患也患於有情，這首詩寫的是人生亙古之恨。就在這些閃閃的文學靈光照耀之下，奚淞與我便漸漸建立起一段終身不渝高山流水的情誼來。

因為信任，彼此「交心」，常常在酒過三巡之後，半醉半醒，互相道出了心中一些平日不願也不敢碰觸的密語，有時訴說到深夜，一直講到天明，恨不得一夜間將平生心事都掀了出來，因為好不容易遇見一個聽得懂自己話的人，所以盡情傾吐不能自已。「若有知音見採，不辭遍唱陽春。」——這是晏殊的詞。

奚淞也出身於大家庭，兄弟姊妹多。大陸撤守，兵荒馬亂，幼小的奚淞被寄養在親戚家，這與父母驟然的割離，似乎造成了他永恆的童年「創傷」（trauma），他青少年時的「落寞寡歡，乖僻離群」恐怕都是根源於那道無法癒合幼年時的傷痕。不要小看這些小時候受過的傷痛，這種幼稚心靈上的「創傷」，可能像幽靈一般緊緊跟隨你一輩子，摔也摔不掉的。幾年前我和奚淞一同到香港，他在香港大學開畫展，他回憶四歲時從台灣到香港迢迢尋親，我們找到他住過的那棟樓房，他親生父母的住處。我看到他面上驚喜過後那淡淡的一絲悵然，大概他又憶起他那孤獨的童年來了。

我在六歲染上肺病，被家裡隔離以前，據母親說，本是個活潑好動，還有點霸道的孩子。那一病將近五年，有時我一個人被「囚禁」在半山上，有時被「放逐」到郊外獨棟的房子裡，遠遠離開我那一大群兄弟姊妹，因為抗戰期間，肺病在中國幾乎是等於絕症，極易傳染，大家談癆變色，沒有人敢親近，我的玩伴是幾隻撿來的流浪狗。失去童年的歡樂，使我變得孤僻不群，過度敏感。我在中學的青少年階段，是「寂寞的十七歲」，不愛理人，同學們誤以為高傲，事實上外表的孤傲只是在掩飾內心的慌張。這種青少年時期離群的孤獨，奚淞是了解的。奚淞在《姆媽，看這片繁花！》的散文集中，有一篇文章寫到：有一次親戚揹著幼年的奚淞逛街，奚淞看見路旁電線桿下蹲著一個孩子在嚎啕大哭，哭得十分傷心，他從親戚背上掙脫下來，跑到那孩子身邊，也陪著那個孩子痛哭起來。那個孩子可能也是一個患了肺病無人理睬的棄兒。小小奚淞便有著聞聲救苦的菩薩心腸，所以他日後註定要走上禮佛修行，普度眾生的道路。因為世人的苦痛，他體驗最深，憐憫也最甚，他手繪的觀音佛像不知曾經給過多少人帶來心靈上的安撫與慰藉。我在美國及台北的家中，也各迎回一幅奚淞的觀音菩薩。

似水流年，五十年間如反掌，「如夢幻泡影，如露亦如電」，奚淞古稀，我亦耄耋，奚淞早已修行得慈眉善目，我的一腔「幽怨」也都寫進小說中去了。兩個老友日暮相逢，偶而憶起遙遠的當年，狂歌當哭，放浪形骸之外的青春歲月，不禁莞爾，終至呵呵。

奚淞手抄唐詩贈送予我，我將之懸掛案頭，是杜甫〈奉簡高三十五使君〉的後半首：

行色秋將晚
交情老更親
天涯喜相見
披豁對吾真

中華民國一〇七年六月十八日于台北

封神榜裡的哪吒

夏日午後，九灣河像是被溽暑給逼淺了似的。抽長了葉片的柳樹因之更恣意地以墨綠的影子侵占了河水的三分之一。這片柳樹沿河生長，水從柳蔭下靜靜地，平滑地流過，當水再度在日光下閃亮的時候，似乎已與蒼穹連結一片；湛藍的，一片雲也沒有的天空。

依稀還可以聽見一里外，陳塘闢市集裡的小販叫賣野蔬、器皿的聲音；隨著吹翻樹葉的微風似有似無地傳了過來，和著穿飛在垂柳之間麻雀的噪鳴。

太乙坐在柳蔭下的一塊青石上，白髮披肩。一腳盤踞，一腳微踏在青草地上。半舊的白麻道袍順著肩胛垂下許多皺褶；寬大的衣袖遮住了腳上的芒鞋。微微向前傾注的身體，像是正在觀賞野生在河灘淺渚中的蓮花。

五月裡，盛開的野生蓮花。

然而他削瘦的面容沒有任何表情，眼神空寂。打晨起，他就動也不動地坐在那兒，像棋盤上一枚被人遺忘的碁子。偶然踏落在他腳上的一隻青蚱蜢也經過一個漫長的早晨，絲毫無意離開。

蓮花搖曳著，柳葉閃著，楊花和著輕塵飄著。河水像是靜止，又像是流著；時間像是在摹寫昨天，又像是全然不同了。這些個時辰裡，太乙心中老是重複溫習著同樣的一些言語，那是在昨晚的夢裡，他至愛的徒弟紅兒的聲音，像是哀告似的——

…………

師父，我終於得到自由了，自由到想哭泣的地步。

有時我隨風流轉，又有時像無所不在，彷彿一個過分睡眠之後伸一個長長的懶腰，就如灰煙一樣散了。我的記憶以及記憶中的血腥都遠了。可是多麼空漠啊……如果我因為感覺靈魂重要而拋棄不合適的肉身如一件衣服。我希望能有一個我所期望的歸宿。

師父，我希望我是河裡的蓮花……

…………

太乙早晨醒來，夢中展現的情景清晰如在目前。他匆匆來到總兵官李靖的官府，逕自走上大廳，沒有人阻止他，就像是十四年前紅兒出生以及太乙收他為徒的那天。曾經被多次延入官府占卜諸象的太乙，被一名侍衛帶至綴滿瓦缽鮮花、描紅帘巾的廳堂裡。太乙仍然能回憶及當時那股蘊鬱靜定得使人覺得不安的香氣。夜來未曾闔眼的李靖坐在大屏風前面依舊看來英挺修偉，只是失神得有如一座蠟像。他呼喚侍兒從內室抱出初生的紅兒來，那是太乙第一次看見紅兒，一向寧靜如止水、如槁木的太乙深深地震撼了。那幾乎比普通嬰兒大兩倍，已經有了頭髮的頭是多麼像一張老人的臉啊，從內部黝暗裡迸裂出來的哭聲，和連侍兒都惶恐得掌不住的手腳抽動，在虛空裡亂划著。整個身體像是陷落網罟的野兔，隨時都準備彈跳逃走。侍兒的臉色變了，李靖也中了魔似的，瞪著那團不安的東西，鬍鬚都抖顫起來。

「道人，道人，告訴我是凶是吉，這一夜嬰兒的誕生像是夢魘似地使我不安，許多異常的事……」

「大人，這是喜事……」太乙說得有些艱難。

隨後太乙斷續地知道了夫人過長的孕期，夫人數日不祥的夢，臨盆時血色的異象……

「……紅得照眼，一剎那我的眼花了，直覺地抽出腰間寶劍，準備把那團紅色的東西剁成兩半，可是哭聲，那麼可怖的哭聲使我手軟了，冷汗流個不住。道人，面對千軍萬馬我可以毫不動心，可是……」

李靖掀開侍兒手中飾著流蘇的青花綢巾，豔紅的一面紅紗裹在紅兒的肚腹上，把李靖蒼白的臉都映紅了。

「最奇怪的是，他生來就……」

太乙心中一動，凝視著那片血也似的紅紗。

「大人，可是丑時……」

「是……」

血色仍久久停留在太乙的網膜裡，走進大廳，清晨的陽光透進鏤空的窗，斜斜描畫在鼠灰色地面上，微微啟亮。空寂無人，任何擺設和十四年前沒有什麼兩樣。為印證昨夜的夢，太乙就一張木几緩緩坐下來，眼心相連，漸漸澄清心中的雜念。

一點如絲線般的聲音慢慢揚起，像是應和他的期待似的，逐漸加強，迴繞，最後嗡地一聲停止了。太乙冷澈的眼光箭也似準確地投向廳堂中央的地上，在光和陰影交界的地方，一隻綠頭蒼蠅正渴慾地落在灰泥地上，拚命吸吮著，太乙於是看見了模糊隔夜的血腥。

…………

師父，我的出生是一種找尋不出原因來的錯誤，從解事開始，我就從母親過度的愛和父親過度的期待裡體會出來了。他們似乎不能正視我的存在，竭力以他們的想法塑造我，走上他們認許的正軌。

父親希望我能和兩個哥哥一樣學文學武，變成優秀的將才。一點不錯，我樣樣超出了他的要求，非但哥哥們竊下妒嫉我，有時父親看見我異於一般孩兒的膂力，也由嘉許變了冷然的臉色，我看得出在他淡薄的鼓勵言辭的背面有異樣的神情。相反的，母親總把我看成應該如同襁褓中的嬰兒一般地享受愛與安全。我也滿足她，除開操練學習的必要，從來不像同年齡的少年一樣出去野。常常地，我奔向她的膝頭，不是跪下請安，而是伏在她柔軟的膝頭，讓她又笑又罵地享受撫愛我的樂趣。然而，在她的快樂中，我也敏感到她自己都不願意看見的不安——這孩子怎一點也不像他的兩個哥哥呢？

不錯，我生活在矛盾中，然而所有可以說出來的矛盾還都只是一個假相，我咀嚼到更深的苦味……

……

一陣斷斷續續抽咽著的歌聲沖散跪在地上哀述身世紅兒的薄影，太乙清清自己

的神智，站起身來，踱到玄關前可容二人合抱的木柱前。天空已經完全破曉了，鳥雀叫得很響，園子裡的牡丹和木樨的花朵飽含露珠。太乙看見紅兒的跛腳書僮四呡正坐在牆角土坡上，傍著盛開的花叢，正像白痴似的兩手抱著畸形彎曲的兩膝，身體前後搖晃，眼睛空茫，哼著誰也不懂的歌。好一會，四呡才看見了太乙，慌起身，深深地向太乙跪拜，淚水成串滴落在乾燥的紅土地上：

「道長，道長，三公子去了，我親眼見他乘西天的紅雲去了。在老遠老遠的天際，他還向我招手，笑著說：不要愁，不要愁。有一天我會來帶你一道去，教你很大的法力，你可以像燕子一樣地飛，像羚羊一樣地跑跳。道長……」

太乙看著低俯著扁而窄頭顱的四呡，以及合不攏雙膝可笑底跪伏模樣，淚水也不斷地在紅土上迅速化開。

「四呡，我都曉得了，你起來罷！」

四呡像賭氣倔強的孩子似地不肯把醜陋的面孔抬起來：

「道長，我心裡一直明白三公子是神靈遣到人世來的，他是那麼完美。自從我還只是府裡一個卑微的花匠，少爺還不滿七歲的時候，第一次我看見他帶著象牙的小弓，在院子裡摹依老爺開弓射箭的姿態，我就著了迷。那完全不是一個七歲的孩子，在他身上看不出年齡。雪白的皮膚，墨也似的髮眉，已經十分結實的肌肉，還有他那雙閃著冷靜和幽微光芒微微吊梢的雙眼……他轉身看見我了。一絲笑容都沒有，他盯著我看，眼睛一眨都不眨。我想我當時一定傻了。提著幾株花苗，我想到我自己可笑的模樣，是從來沒有人要看，不值得一看的。三少爺看得我發了慌，我以為因了我的醜和殘缺，他要重重地處罰我，直到我發覺他的眼中有了寬恕和憐憫……

我跪了下來。那不是一個孩子，我跪下來，是為了神明……

後來，他向老爺要了我做書僮。何等的榮耀，我真願意把我的一切去墊他小小的腳所踏過的地，我生怕我長久出現的醜臉會惹怒了他。我躲在灌木叢裡，看三公子裸了上身，彎弓射天上的雁。著啊，箭不偏不倚地穿過嬌小的雁首，垂直墜落土地。像是從公子年輕的身體裡有無限以他為中心的力之線，一切都是他的囊中物。我禁不住鼓起掌來，興奮地叫起好來。他拾起羽毛十分美麗的雁屍。因了我的聲音回轉頭，冷冷的、憐憫的、悲傷的……我嚇得趕緊再跨進灌木叢後面。

公子喜歡把射死的雁雀鳥獸掛在房中的牆上，可以痴痴地看一整天，沒有表情也不說話。悶得發慌的我常想編幾句最動聽的話來讚美他的成績，但都鯁在喉頭。

那是不適宜的，對三公子……

那天老爺特地從軍營裡帶來了一個少年軍官，聽說是那一隊裡槍術最好的，十八、九歲很英武的軍人。老爺叫三公子學習他的槍法，公子看來很高興。平常很少有玩伴的他，很快就和軍官廝混熟了，隨後你一刀我一槍地在花園裡練起把式。

我正看得起勁，突然唉唷一聲，少年軍官抱著腿倒在地上，一支短槍整個沒進他的股裡，鮮血泉湧似地迸濺一地。三公子嚇得哭起來，我從來就沒看見三公子哭過，我是怕血的人，但這哭聲倒反比血更使我驚怖。我昏了頭忘了一切顧忌，跑上前把三公子抱在懷裡——我這個畸曲醜怪的人，竟敢抱公子的身體。公子混身透涼。我說、我說：公子、莫哭、莫驚、他只是一個普通人，泥做的人，你是天上的神，人怎能和神比刀弄槍，他傷了是他該受。

可是公子在我懷裡哭成了個淚人，我也禁不住大哭一會，老爺鐵青著臉來了，命人把軍官抬出救治，又叫人把我拉開一旁，一言不發揮手打了我十來個耳光，把我的臉打成兩個大。你不曉得我當時有多驕傲，真是一生中最驕傲的事，因為我抱過了公子的身體，為他受了過，我希望臉上紅腫的指痕永不消退，我要高高地昂起頭給每一個人看，這是證據，證明我和少爺有關聯的證據……」

…………

師父，我想世界上唯一了解我的只有你罷，要不你怎麼不教我任何事情，只教我在愁煩時多看天上的雲呢？是的，東部平原上的賊子們眼見就要造反，兩個哥哥正摩拳擦掌打算一展身手。後城的窮人聚集在低矮的茅屋下，女人裸露著手腳，饑餓地帶著色情挑逗的眼光閒蕩，自稱是西坟崗的狐狸。師父，我害怕。我常常坐在樓上的房裡，兩手緊握，雙腿縮攏，只靜靜地觀看浮雲消逝在窗外屋簷的邊緣，我用這種凝望來計算什麼事也不做的時間。有時候我竟忘了我正在長大、竟恍恍惚惚地感覺到了快樂。但是偶爾劃空而過的雁啊——把我一下子擊個粉碎。美麗的、伸展著巨翼的雁，是如何地中矢墜落啊——我看見雁飛，手膀的筋肉就不聽話地自行彈跳起來，彷彿在催促我，去取弓、去取箭、去嘗一嘗使大力得到鮮血的滋味。冷汗於是便滲滲地從額頭垂掛下來。

我多麼愛那些天空飛著的雁，林中無罣礙的獸和我曾經有過的一些同伴，可是鳥獸成了屍體，同伴不是被我的力驚走了便是受到傷殘，我簡直不能測度出我有多大、多強、背叛我的、我自己的膂力。我的心在身體的經歷和磨練中漸漸地定型，那形狀如果不是意味著殘缺又是什麼呢？

再也不可能有一隻完整高飛的雁了，從我的眼裡出發。只要是活著的東西走進我的內裡便成了死亡，在那最深處幽冥的小房間裡，已經掛滿了我鍾愛的屍體，包括一位少年軍官，他曾經因為中我一槍，流血過多，死了。

唯一伴著我的生命的四氓，頭腦不清的，手腳獅子似蜷曲的，臉孔可厭的。為了厭憎，我倒要了他。可憐的四氓，常常受到我的恐嚇，有時在惡躁無聊的時候，我可真是以恐嚇他取樂的。啊啊，師父，你曉得你最愛的徒弟有時也是苛毒的嗎？記得大約兩個月前，四氓在我門外守了整個下午，終於忍不住探首進來看我在做些什麼。我正等著這機會，用眼光我可把他逮住了，我集中全力看著他，穿透他的眼，直探到他心裡去，我看到怯弱、害怕、失望……他像泥塑木雕似地被我用眼光釘住了。我喝問：「你站在那兒幹什麼？」他說：「我想陪陪你，公子。」我說：「你配嗎？」他無聲地哭起來，全身抖顫，吶吶地說：「我不配。」可是，確實無疑，四氓是配的。單看他能在我跟前活了這麼多年就明白了。他是我內心殘缺的形相化，我傷不了他。從此開始，我再也不偽裝自己來滿足父母了。

父親和兩個哥哥天天起勁地操練軍隊，隔得老遠，我可以聽見沙沙兵士疾走的聲音。我病臥在床——這是我免於上場唯一的理由。我知道父親對我的不滿已經醞釀到爆炸邊緣。為了這緣故，他反倒避著見我，怕見了我會動起更大的怒氣。母親一天總上來十幾次，有時不敢說什麼，只無限憂慮地坐在床沿，有時用輕柔的話問我：「紅兒，這樣的大暑天，裹著棉被不難受嗎？」我冷淡地回答：「不。」「紅兒，你不去參加你哥哥們嗎？」我依舊只答一個字：「不。」她沉吟一會，略有些安慰地說：「這樣也好，免得去參加那些流血的戰事。」我乾脆用被連頭裹了。

事情發生的那天下午，彷彿一切都有著徵兆似的。陡然暑熱起來的天氣，一點微風都沒有。鴉群在園裡嘈吵著，操場上傳來大群步伐移動在沙地上的聲音和不時一兩聲作為號令的擂鼓點子，鬱鬱地傳過來，好像是要在無限的沉悶中催我上路。我焦躁不安到了極點的時候，驀然一道愰愰的青色影子像冰涼的手一樣拂過我發熱的頭。我開始渴想到有河的地方去，像是赴一個老早就準備好了的約會。我於是叫四氓偷偷地給我備馬。

從後花園的小門，我們迴避別人的注意溜了出去。園外的小池和涼亭都籠罩在濃重如煙的暑氣中，池魚也傍著假山石的陰影裡瞌睡不動。我們靜靜地溜出關口，正離城不遠的時候，突然天穹輕雷連珠爆響，灰藍色低垂的大氣化作千萬雨絲落了下來，彷彿是特意來解我的焦渴。我勒住馬，任雨浸透我的頭髮和衣衫。立腳處已是曠野一片，土地發出嘶嘶的聲音。四氓有些畏縮地躲在我馬肚子底下。當雨水漸止，大氣變得水晶也似的透明而涼爽。雖然還隔了一里多遙，我可以清楚看見在我出生之前就已經流著的九灣河，像一條正在竄行於草叢中的蛇一般，在遠處明晃晃地閃著。我突然起了極虔敬的心，傾向於那條河。我於是下馬，叫四氓先騎到柳樹林去放放腿。四氓手忙腳亂、三番兩次上不去，我一把將他推上馬，用力拍了一下馬股，四氓這才左傾右跌地跑走了。我覺得很開心，河水越來越近，流水潺潺地響，又好像無數透明發亮的魚蝦匆忙地喋喋。我把衣服一件件脫下，順手扔在走過的路邊。當我到了河邊，已經完全赤裸了，只剩下腰間一向圍著的紅紗巾。當我走進淺水，輕如蟬翼的紗布隨水波飄了起來，我這才注意到它，自小，我就把它當作理所當然的東西給忽視了。我突然想到，帶著它是毫無意義的。當河水浸拍到我的胸膛，紅紗巾像是懂得我心意的自動離開了與我身體的纏結，隨水波漂走。奇怪的是——師父，在與它分離的一剎那，我覺得我的一切都變得無足輕重，我長久的憂煩都隨它去了。

然後……我以為是錯覺，以為是孿生於我水中的倒影，從生著茂密蘆草和蓮花的淺水裡，他冒了出來，一手撈起了那條紅紗巾。清澈明亮的水珠順著他被蓮葉映照得微青的胸膛往下滴，他把紅紗巾圍上了他的肚腹，露出一口細緻的白牙，他衝著我調皮地笑，彷彿要打破我的幻覺似的，以金屬般的聲音說話了：

「這可是你送我的？」

「不，我送給河的。」我說。

「我就是河。」他笑出聲，同時向我撲了過來。在藍色天穹的背景下，他張開的兩脅，帶起蝶翼鱗粉一樣紛飛的水滴。我也笑了起來，可是他已撲到我的身上……

師父，師父，我到現在還不能相信，那是不可能的，水中幾個翻滾之後，他的手臂鬆開了，身體無力地浮起來，竟是一具屍體……

河水變得冷澈透骨，五月的盛暑天氣，我完畢了我的洗浴，波光粼粼流動的水帶走了圍著紅紗巾的一個身體……

師父，對於天上的雁、林中的獸，我克制不了犯了血的罪。可是，這一次，我似乎完全不能正確地追憶出當時的情況。是那天的下午、由於渴望清涼的河，我涉水沐浴，殺死了一個不知名的少年嗎？我仔細地歸納我的過去，我知道，我將付出代價……

…………

哭泣的聲音不斷迴射在幽冥的山谷裡，漸漸弱了。四氓仍舊叨念著一些毫無音調的言語，太乙沒有注意聽，但是四氓突然亢奮起來的聲音，使他的心一下子回到了官府的花園。

「那真是一匹漂亮的馬，黑得發亮，比人還高出一個肩來，四蹄是白的，公子替牠取名叫踏雪。除了少爺，從來就沒人敢騎牠。那天少爺叫我騎了先到柳林子裡去瞧瞧，老天，真像是騰雲駕霧一樣。從小我的腿就不靈便，行路對我而言是最大的苦事，可是第一次我感覺我是飛起來了。兩旁的風景和錯映的柳樹都被風吹得往後倒，等踏雪好不容易緩下步來，我看見一幅奇怪的景象，圖畫也似靜止的，兩個少年站在及腰的淺水處一動也不動，彼此凝視，連天穹美麗巨幅的雲卷都凝止了。一個，自然我認得出是公子，另一個啊，道長，我該怎麼說呢？人人曉得九灣河有個專司陳塘關地方雨露的河神，是東海龍王的兒子。如果不是他，為什麼那個少年通體透青，且有著鱗紋。然後他們似乎起了什麼爭執。我下不了馬又隔得太遠，聽不見他們的言辭。我看見他向三公子撲了過去，我的心都跳上口腔，水波被他推得有人那麼高，白花花的，公子就和他在水中廝打起來……

踏雪一聲嘶鳴，高舉前蹄，把我從馬上一跤摔下來。等我迷迷糊糊站起身，公子已經穿好了衣服，白得像紙上描畫出來的、公子的面孔，頭髮猶自滴著水珠。不，我似乎察覺到公子在淌著淚，我預感到禍事臨頭。但在心中我還是告訴自己：公子是神，公子什麼都不怕。可是河水是那樣平靜，剛才河神的出現，可只是我騎馬騎昏頭的一個幻相。後來，到那事發生，我才知道公子殺死了他。

回到家裡，已是黃昏時分，公子悶聲不響回了房。我悄悄溜進花園，幾個侍衛仗著長矛倉皇地站在桂樹邊，似乎發生了什麼嚴重的事。我上去問了好幾遍都無人答理，還是那個與我比較相熟的長伍告訴我：三少爺闖禍了。

西斜的陽光照在高大的白粉牆上，反射進四面透空的大廳和長廊。一會，幾個丫鬟扶著夫人疾步走了過去，我看見他們由大廳的後道穿進去，躲在大廳的屏風後面，似乎在探聽什麼重要的機密。夫人的臉雪雪白，似乎已經哭過了。我這才不顧老爺的禁忌，躲在西邊的窗格上偷看。奇怪啊，我一向以為老爺是最大的，可是我分明看見一個身穿白袍，長鬚的中年人居然坐在老爺的上位，老爺竟坐在側席。

黃昏的陽光在新刷白的粉牆上反射得很厲害，一寸一寸移轉在大廳裡，朱紅的光漸漸照上白衣人的臉，我看見他驀然從懷裡抽出一條紅紗巾來，嚴酷削薄的嘴向下彎成了一個弧形，他高聲地嚷：

『有了這個證據，看你如何護短！』

我看見老爺也變了臉，聲音都顫抖起來。奇的是一個脾氣比誰都火爆的他，竟低聲下氣，向他一再解釋，說是三公子臥病在床，絕對做不出殺人的事來。

我嚇得六神無主，可是東海的敖光來向他兒子討命來了。我看來看去，白衣人只是個普普通通的文士。可是我平常也和竈房裡的嬤嬤聊過天，說過龍王的故事，敖光若是會出現在城裡，那裡會以真身示人。這時候，廳裡的光線越來越強，四面粉牆交互折射的夕陽餘暉飛快地轉移在廳堂內。我的眼眩了，白衣人的身體彷彿在光線裡暴長，白衣飄動如在風中，似乎要隨時顯出龍身來向老爺威脅。確實的，老爺縮小了，害怕得厲害。三公子似乎也察知前廳發生的事，帶著他那把慣常把玩的鑲玉小匕首，飛也似地由長廊跑上大廳，未乾透的頭髮尚貼黏額上，臉上透出稜稜的殺氣，五官的形狀都變了，眼睛斜撐著，好怕人。我一把抓住他的衣袖，哭著求三公子千萬不能進去和龍王爭吵，他摔開了我。大廳裡的光線轉成硃砂那麼紅，我不敢再看下去，我只是個卑賤的小人，萬一龍身顯示，我只有死路一條，我甚至用手塞緊耳朵，可是依舊可以聽見老爺大聲叱罵三公子的聲音，說是什麼惹了滅門之禍什麼的，還提什麼從公子出生就帶了不祥的紅紗巾什麼的——

然後我聽見婦人掩抑不住的哭聲，叫兒的聲音，很微弱，可是我知道是屏風後面的夫人。在延續的哭聲中我聽見公子的聲音，一個字一個字，彷彿由牙關裡咬出來：

『我是個罪人，所做所為不能報答父母對孩兒的期望。今天闖的禍一切由我一人承當。但是我心裡只想到母親所鍾愛、撫育過的、我的肉身，以及父親所寄望我成立人間功業的骨器，原都只是父母所造成的，今天我犯下了連累父母煩心的大罪，我只有把屬於你們的肉和骨都歸還給你們，來贖我內心的自由——』

鏘然一聲，是小匕首彈動的音響，我急切扶上窗格，只見移轉的夕陽已紅得像血也似照著廳內的每一個人。三公子跪在廳內的正中央，袒開了肚腹，右手的小刀高舉，柄上的寶石光閃閃發亮。那是最後一的道光芒，然後大廳暗了下來……

我不知道到底是我慘厲地叫了一聲，還是出於他的喉嚨。我不知道到底是我的眼睛昏黑了，還是太陽突然掉落山去……」

……

師父，我的哭泣並非虛幻，雖然此刻的我比一粒微塵更輕，比蝶翼更薄。我四處遊轉一無定處，可是我的心還是愛著這個世界的。對我而言，天上飛的，地上蕃滋的，都是太美的負荷。我曉得東部平原上的戰事就要開始，兩個勇武過人的哥哥即將率領精兵走向沙場。我的紅紗巾展開時，我看見成千的屍骸，嚎哭的婦孺，旋飛的兀鷹——這是為明天的世界的奠基，可是明天的信仰又是什麼呢？我看見出賣色相的婦女，我提過的，在後城，為饑餓和慾望所驅逐，四處遊走，如果真有一種大滿足足以填她們的渴慾，她們不會再繼續出現在泥濘的街角，且蕃滋哺育出渴慾的下一代。一天繼續著一天——當我脫離自己的憂煩，才發覺這天穹太藍，而天穹下的……

那天我拿著匕首，下定決心，要得到我的自由。可笑的，我的書僮，四哏淚漣漣地捉住我的衣袖，說：「公子，公子，你不能去。你是神，你不要離棄我。」

我忍不住淚水。可憐的、殘缺的四呡，我說：「四呡，我是神，神有神要走的路。等我去了，我不會忘記你。有一天我會教給你無上法力，你可以飛得像天上的燕子，跑跳得像山野裡的羚羊……」

我終於用血償還了我短短人間一些所有虧欠的。我得到最終的自由，我可以俯臨人世。沒有時間、空間的世界於是變成平面的圖畫，無一處不和諧。我應該快樂，可是師父，就如你聽見的，我還是在哭，忍不住的眼淚使我還想加入到世間的不完美裡去，而且，在眼淚裡，我看見波光粼粼的河，就像是在那個五月的下午……

……

四呡抬起頭，淚痕已經乾了，窄小哭紅了的眼睛在稀薄的眉毛下閃閃發光，他恢復原來的坐姿，傍著盛開的番紅花，又開始前後搖擺起身體，哼哼哈哈地唱起歌來，似乎忘了太乙的存在似的，夾雜著曖昧含糊的獨白：

「公子捨下了他的身體，駕著彤雲去了……也許他會在快樂裡把他可憐的四呡忘了，可是只有四呡我知道公子只是來人間走一遭的神明……我要為他編一首歌曲，唱給街上的孩子們聽……許多許多年前，陳塘關總兵官的夫人，生下了一個紅色的彩球，散出三尺寶光……他為了要獲得更高的法力，他把肉還給母親，骨頭還給父親，笑嘻嘻地駕著雲飛走了……」

四岷突然停下來，微側著臉，懷疑地問自己：

「不過，公子的身體已經留在濺血的廳堂裡了，乘著雲飛走的該是什麼樣的形體呢？讓我想想……」

打早晨離開官府起，太乙就一動不動地坐在九灣河的柳蔭下，像一枚被人遺忘的碁子。落在他腳上的一隻青蚱蜢絲毫沒有要離開的意思。

楊花和著輕塵飄著，新綠的柳葉閃著，蓮花搖曳著。河水像是靜止，又像是流著。時間像是在摹寫昨天，又像是全然不同了。

……那天下午，我脫下自己所有的衣服，隨手委棄在經過的路邊。我走進九灣河的淺灘，沁涼的水，野生的蘆葦輕拂著我的胸膛，閃爍的水光充滿我的眼。我想一直走下去，可是盛開的蓮花的香氣留住了我……如果說我仍有權留戀的話，如果在我得到無限的自由之後仍能有所要求的話，師父，在那條我犯了罪的河裡，讓我變成自開自落的蓮花……

想到四氓未編完的歌，太乙竟莞爾笑了起來。他站起身。拍拍在膝上的輕塵。走向河岸，將那朵開得最無顧忌，向岸邊橫伸上來的紅蓮摘下，勒下花瓣，就著被水浸白的砂岸，鋪成三才。又折斷蓮梗成一段段的骨節，按著上中下、天地人鋪成卜象的圖形。太乙靜立，端詳圖形良久良久……

「紅兒，痴徒，你到了這個地步還要向師父要一個形體嗎？這鋪在地上的，就是等你來投化的身體了。這樣，四氓的歌曲就會有了一個很美的尾巴——哪吒棄捨肉骨，化身蓮花，變成無上法力的神人……」

不知過了多少時辰，天候漸漸晚涼起來，微風吹動著太乙的衣裾。陰影落下來，埋沒了太乙的眼睛和鼻梁。守候著，守候著，站在等候魂魄來臨的蓮花圖形前面。倦鳥歸巢了，空氣那麼靜寂。漸漸地，太乙的左眼亮起了一朵端麗的蓮花，右眼也亮起了另一朵；可是在心中，不偏不倚地，它們合併成一朵，在永生的池邊。

〔附錄〕

細品〈封神榜裡的哪吒〉

李喬

原載於一九七四年十月《書評書目》十八期，筆名壹闡提
李喬二〇一八年四月三十日校定

民國六十年九月，發表於四十四期《現代文學》的〈封神榜裡的哪吒〉，後來被收入《六十年短篇小説選》（鄭明娳主編）。這是一篇奇妙有味，涵蓋繁複，主題深刻的傑作。筆者曾於六十一年七月在「華副」簡略介紹過，後來也讀過兩位先生的評介文字，但前後三文似乎均未脫出小説選編者在該文附註的剖析説明範圍。

這篇作品三年來始終浮現在筆者意識的最清楚層次上，朋友間閒談小説，也每每提及它。最近拿它和《封神演義》第十二、十三、十四回對照著再讀它，於是得二感想：一、作者如果把它重新組織，增加肉血，敷衍成中長篇小説，很可能會成為當代名作之一。二、如果拿來拍成電影，或編為舞台劇，一定十分精彩，同時也可能引起某些議論或爭辯。

身為小説的愛好者，謹以品嘗佳釀心情，不加修飾不引堂皇論據，只樸素了當地説出一己所見所想，敬請作者先生與高明方家指教。

＊

現在先從它的形式來探討。為了方便，先就《封神演義》第十二、十三、十四回——將主角出生、闖禍、骨肉還親，蓮花化身再出世等情節列出於後：

一、太乙真人的徒弟靈珠子，為協力滅商興周，降生在總兵官李靖家。李妻懷胎三載有餘，落地時是一「肉毬」，經李靖「開刀」後出生。

二、此子由師父太乙真人命名「哪吒」，生於丑時，犯上大殺戒，注定要多殺生惹禍端。哪吒與生帶具乾坤圈和混天綾二兵器。

三、哪吒力大無窮，七歲時在九灣河「非故意」殺死東海龍王的夜叉及三太子，帶來滅門絕戶之禍。

四、兇案未了，哪吒又以「震天箭」射殺仙家石磯娘娘門人。李靖交出哪吒，結果師父救了他的性命。

五、龍王奏准玉帝拿李靖。哪吒「一人行事一人當」，「剖腹剔腸，剜骨還於父母」，解除父母的官司。

六、哪吒在翠屏山顯聖，李靖卻以「你生前擾害父母，死後愚弄百姓」為由，一鞭把祂的金身打碎，並放火燒廟。

七、太乙真人替哪吒「蓮花化身」。哪吒再生後決心報仇。

八、哪吒追殺李靖，燃燈道人以「玲瓏塔」救了李靖，並授以寶塔好鎮壓此寶貝兒子。

以上的情節是平鋪直敘的；用「話說」某某開端，以「此話不表」「且說」等詞收束一段，提引另一段。

文中有「自思曰……」「自思道……」等，可算作「內心獨白」的技巧。章回小說的形式，採用全知觀點行文。

《封神演義》的文字淺顯，生動有趣，但隨時插入詩以描寫精彩吃緊處，結果反而破壞了氣氛。

奚淞先生的〈封神榜裡的哪吒〉，令人醒目的是它不俗的形式，使人驚心的是它的主題。全文分成五個節次，每一節次裡又分若干段落：

「一之一」：太乙真人從李靖府回來後（要讀到最後一節才知道），坐在樹蔭下青石上。時間是夏日午後，這是「現在進行式」的時空。以「昨夜的夢」引出回憶——「一之二」。此段有一伏筆以呼應後文。

「一之二」：哪吒的獨白。敘述「我」剖腹死亡後隨風飄盪的魂魄，留有蓮花化身的伏筆。

「二」：太乙回憶「早晨醒來」承接「一之一」，太乙赴李府。此段是第一層回憶。接下去是跌入回憶——第二層回憶：十四年前哪吒出生，收徒的情形。

「三之一」：回到第一層回憶，太乙走進李府大廳。

「三之二」：哪吒的獨白，細訴悲劇的癥結所在。此段是表達主題的關鍵處。時間大約與「一之二」同。

「四之一」：太乙由「三之二」裡脫出，接「二」節繼續走，見到哪吒的跛腳書僮四氓。

「四之二」：四氓的傾訴。此段以四氓自身的醜與殘缺，襯出哪吒的完美。哪吒第一次闖禍——比武時重傷少年軍官——是由四氓交代出來的。

「四之三」：突然跳入哪吒的獨白，此段寫出「不是凡夫」眼中的世界，對悲苦亂世的憫惜。交代第二場禍事：無意中勒斃一戲水少年。他殺死的是「孿生於我水中的倒影」，少年的屍體也帶走了他與生俱來的「紅紗巾」。一句「我知道，我將付出代價」是骨肉還親的預告。

「四之四」：由哪吒的哭泣聲中拉回到「四之二」的繼續。四氓以旁觀身分說明第二次禍事的發生經緯。龍王尋仇，李靖顯得頗為冷酷，哪吒以小匕首剖開肚腹……

「四之五」：跳接「四之三」，再陳述對戰亂人世，對生命的感慨。

「四之六」：接「四之四」，四氓的活動，寫殘缺的四氓心目中對哪吒事件的想法。

「五之一」：太乙回到「一之一」坐在樹蔭下的青石上如被人遺忘的一枚碁子。「一之一」裡出現的蓮花在搖曳，青蚱蜢還未離開。「現在進行式」。

「五之二」：插入哪吒直敘式的話：要求變成「自開自落的蓮花」。

「五之三」：太乙替哪吒施法：蓮花化身，成為永生的二世為「人」。

由以上五個節次看：「一之一」↓「五之一」↓「五之二」↓「五之三」：這是實際進行的時間與場景。「二」↓「三之一」↓「四之一」：這是太乙本身的回憶場景。「一之二」↓「三之二」↓「四之三」↓「四之五」：這是哪吒的回憶——以獨白方式進行。「四之二」↓「四之四」↓「四之六」：這是四氓的活動。

〈封〉文採用的是第三人稱的單一觀點，觀點人物是旁觀的太乙真人。他只是微笑著的「客觀觀點」而已。外觀上，全文由哪吒和四呡兩人的獨白交織而成；太乙只穿針引線其間而已。但這些獨白，實際上是太乙的意識次第重現的。哪吒是自訴，四呡乃旁證，而這些只是觀點人物的「心理場景」而已。整個故事，包括了十四個春秋，地點是天上、仙山，陳塘關等遙遠距離的地方，主要人物有哪吒、四呡、李靖夫婦和太乙真人等。然而小說進行的，實際時間只有夏日午後太乙一陣出神發呆的幾分鐘，最多也不超過三兩個小時；地點是九灣河的樹蔭下——一個老先生的意識活動。所以，這是一篇結構完全合乎各種限制的典型短篇小說。

如果拿本作和《封神演義》比較一番，其中增損修改創作部分就一目瞭然了。

一篇八九千字的短篇小說，採用如此繁複的結構，是須要大魄力與巧思耐心的。本作如果採用原作那個敘述順序，一定是索然無味，因為《封神演義》的小說情節已深入讀者腦際，本作佳勝處，很可能在閱讀過程中就給忘了；記下的仍然是演義的影子。例如：「三之二」此段是點題的高潮卻出之以獨白式訴說，不以「動作」表達，如果不採用奚淞這種結構，而又以他那種語言行之，豈不成了極低劣的「自報主題」嗎？那就成了口號小說。這正證明：結構形式在小說效果上的重要性。

本作第二節，太乙真人由第一層回憶中再跌入第二層的回憶——十四年前的事況裡。這一手法使人油然想起威廉‧福克納的《聲音與憤怒》第一章來。第一章觀點人物白痴「笨吉命」，在高爾夫球場邊，由現實事況的觸發，忽然浮現過去三十年的種種來，這裡面就有數個層次的回憶中場景出現，令人嘆為觀止。〈封〉作只是淺嘗即止，青山一髮未能作更大膽的展示。

〈封〉作形式上的成功，除結構外，語言文字是第二因素。我們也可以說：唯其語言文字的適當，讀者才得以暢遊曲折幽奇之勝。〈封〉作的文字冷冽、精確、筆調沉鬱，節奏緩慢，氣氛凝重，醞釀成近乎詩的表現。一些畫面新鮮而美麗——一種冷豔妖冶，一種古典的魅力流動於全篇。奇妙的是，作者完全採用現代的語言；許多詞彙是極時髦的，然而讀來恰合其份十分妥貼，絕無扞格牴牾之感。例如江彤晞先生的〈彩虹的變貌〉，它是在虛擬的古典傳奇上，設下古典的場景，勾勒古典的人物，然後賦與比較新穎而深刻的主題。所以它的語言勢必略予古典化，結果很成功。〈封〉作雖然也架設於遠古的人事上，但它擷取的，要表現的，已完全無時空限制的意義，而且以現代語言雕出很現代的意象，表達亙古常新的主題——這是一篇現代人的寓言——所以作者使用現代的語言。

值得特別一提的是，〈封〉作抹上很多鮮豔的色彩，托出強烈的畫面來。（這一點和林懷民先生的作品有同工之處）尤其血紅的意象幾乎染透了全文各個角落：「紅兒」「血腥」「紅得照眼」「血色異象」「紅色的東西」「臉部映紅」「血也似的紅紗」「鮮血泉湧」「紅色彩球」「濺血的廳堂」等等。這些色彩，再加上「一之二」節開始到「四之五」節，那不絕如縷縈繞糾纏的哭泣聲——揉合成悲劇生命，生命悲劇的交響曲，大壁畫！

至於這許多血紅景象，蓮花，紅紗巾等，都有它暗喻或象徵意義在。甚至於每一個角色，那些可憫的眾生相等，除了構成小說成分之必須外，各個都是一種「典型」，或代表，他們的外延性極強。這點筆者不擬強作解人，恕不多嘴。

另外，用變形的冒號——兩個大黑點「：」，放在引號上面作為對話出現的記號。這也是別出心裁的嘗試。

*

《封神演義》的十二、十三、十四回，雖然構架粗糙，故事荒誕，但已然具備頗富涵蓄的小說素質。

哪吒的出世，是上天的意旨，他的嗜殺特性、神力、武器等全是與生俱備的；殺死三太子等也在劫運之內。他所以得救，是因為身負「特殊使命」；在危急之際師父一定會伸出援手。最後他不得不死，而死後又不得不借蓮花以再生。因為他要為滅商興周出力。這些都是天數、命運的安排。

然則，哪吒的殺死既是天命所必然，他實在不必負殺人的刑責；「自殺謝罪」的意義大概衹能放進漢人文化傳統來解釋吧？

「自殺謝罪」也許可以解釋為：李靖是紂王之臣，哪吒身為人子亦是紂臣；為使將來的「革命」行動不被認為叛逆，不得不「退還肉身」。若然，太乙真人就太沒道理了，為什麼讓徒弟受盡割肌裂骨之痛呢？或者是為了說明「殺性」有正邪之分——肉體所具的殺性是漫無目標的濫殺；蓮胎所生才是正義之劍？然則「蓮花化身」就顯得太「浪漫情調」了，使悲劇成分打了折扣。這又涉及文化傳統問題。

哪吒的大哥、二哥都在仙山學道，這種安排欠妥。因為李靖本人是因仙道難成，下山享受人間富貴的。所以應該命令孩子們學文習武以求功名才是。

由第十四回第三段李靖那段叫罵看來，李某始終不愛這個孩子，後來又發生「鞭屍事件」這些都是可解的。缺點是太誇張了父子衝突的場面，而又未予強而有力的說服安排，令人不安而起疑。尤其到第八段（十四回）父子大戰的鋪張描繪，動搖了作品的可能性不說，甚至令人迷惑慌亂了。——當然這是一部打諢鬧笑的章回小說，作者和讀者都不會如此認真的。至於最後以「玲瓏塔」鎮住兒子，這一段好像隱含某些值得深思的旨趣在。不過作者絕不會在這上面有意表達些什麼吧？

總之，這一段故事，隱藏著上乘的小說題材，但寫成《封神演義》第十二、十三、十四三回的，卻只是以道教為主佛教為副——的基礎寫成的神怪故事。它除了借亡暴興仁劫運前定的教訓作幌子，只想供人一段茶餘飯後的消遣品而已；實在沒有什麼企圖或道理。

現在奚淞發掘了它，憑其慧眼揚棄糟粕擷取了菁華，改寫成性格發展與心理分析的好小說。

第一：作者把可以割棄的神怪部分剔除，讓它落實於人間。

第二：作者強調傷害是無心的，受傷者只安排兩人。

第三：把原作六七八這三段全部刪除，一方面免去吃力不討好情節的累贅，一方面使題材更合於短篇小說情節單一的要求。

第四：作者兩度提示戰亂人間的一些景象，替哪吒重返人間留下崇高的動機。但故意說得並不清晰。

第五：創造了跛腳書僮四氓這個角色。他的價值，一是對比與陪襯，二是使敘述的進行免於呆板。

第六：替哪吒注入新的性格。這是最重要的，唯其如此，本作的主題才得以顯示出來。

第七：其他……。

這是很大膽而也很成功的創作——它不是改寫而已。細讀〈封〉作，筆者乃恍然了悟到一常聽到的道理：成功的文學作品，有如從三稜鏡中窺視景物，各人角度不同，所見景物形象亦異。所以，它的主題很難一語中的。

綜括起來，筆者能夠品味出來的有兩點：

一、闡釋生命的苦楚——生之悲哀：

「我」哪吒，出生就是一種不明來由的錯誤。出生的過程是不正常的，我的作為、體能、都不合父親的要求，而我也不是情願的；我也不滿自己。我生活在矛盾中，然而所有可以說出來的矛盾，都還只是一個假相，我咀嚼到更深的苦味。（原文）

——「更深的苦味」是什麼？

「我」的惹禍也不是存心的，父母看來我是一個不吉祥的人；殘缺的四氓卻視我為完美的神。其實和四氓對照下，「他是我內心殘缺的形相化」啊！（原文）

——生非我的意志，生命的行程亦然，但既有生，又生成如此，你就得承擔人世給予你的「位置」、「評價」。這是不得已，這是無可奈何。

「我」犯下了連累父母煩心的大罪，我只有把屬於你們的肉和骨都歸還

給你們，來贖我內心的自由……（原文）

——筆者以為這裡稱呼為父母的，已不只是生身的父母而已。「它」是指「我」以外的一切能影響我，束縛我，限制我，有權命令或要求我的人、事、物、力。人，不是如此狀態下生存嗎？

「我終於用血償還了我短短人間一些所有虧欠的。我得到最終的自由……我應該快樂……可是我還在哭，忍不住的眼淚使我還想加入到世間的不完美裡去……」（見原文。……是筆者刪略）

——蕭伯納說：「生命中有兩種悲劇，一種是不能縱心所欲，另一種是縱心所欲。」

——哪吒為什麼會這樣地哭泣悲哀呢？為什麼還想加入到世間的不完美裡去呢？是否山雨風樓戰亂將起的景象，婦孺的嚎哭，為饑餓和慾望所驅使的可憐眾生——使祂這樣嗎？

——一個平凡的生命，也許不自知其悲哀；不平凡的靈魂除了本身，還會為不自知其悲哀者而悲哀！「還想加入到世間的不完美裡去！」哪吒是具備大慈悲的，應該會這樣。「更深的苦味」大概是指這些。

哪吒正因為具備了這種稟性，所以看得深，想得多，因此對生命的痛苦感受自也深切而強烈；何況祂還要為天下蒼生悲呢！這，正是生命的苦楚，生之悲哀！

本作文題是〈封神榜裡的哪吒〉。「封神榜」不有點像充滿牛鬼蛇神的人間大千世界嗎？生於斯長於斯的「哪吒」焉得不晝夜哭泣！

二、人的價值是獨立自足的，非由父母、家庭、社會、國家，或任何他人所應評定的。

這是從另一角度看本作的結論。

如果我們不以李靖夫婦那種眼光，那種價值標準看哪吒——也就是僵固的世俗眼光——那麼哪吒實在是一個好孩子，好青年；因為他強壯，坦率，「有理想」，富同情心……。

而事實上，哪吒乃應興邦救世才降生的，他闖禍既是無心，也是幫助對方順利得到自然的歸結。所以責備他，謫貶他，罪罰之於他，甚至是錯誤可笑的。

由這點推論，任何人把自己的標準加諸他人，把已定的價值觀秤量不同的對象——都是不妥的。人的價值是獨立的，不該以「其他條件」，或外在標準來衡量；是自足的，他人或所謂權力者不得妄加論斷。人將以自由之身心，對父母、家庭、國家，以及眾生人群行其所當行的責任。這是人性使然，明知人間不美好，還是會毅然「加入」的。

不幸得很，「當時」其「父母」以及世人不可能理解這些。因而唯有歸還血肉於「父母」一途，唯有如此才能還我真自由。

佛指淨土為「蓮」，念佛往生彌陀淨土的人，都在蓮花內而生。蓮花化身的涵義是離一切相而生。在〈封〉作裡「一切相」可以指父母的標準，世俗的價值觀，社會的權衡標準等而言；離開這些「相」而生乃能擁有獨立自主之價值的生命。這是哪吒的福氣，你我凡夫除寄情小說外又能如何？太乙真人安在？池中蓮花不知是否依然田田青青？

最後試以一感想作結：

借舊故事以表現新主題的傑作，在外國文學巨著裡屢見不鮮。例如莎士比亞的十個悲劇，分別取材於「普魯塔克」的著作和中世紀編年史作者的東西等，歌德的《浮士德》題材來自民間久遠的傳說；《三國演義》、《水滸傳》

也是流傳社會的材料經彙集改編而成。

在我們這裡，這類寫作卻大都停留在「故事新編」的境界上；真能化腐朽為神奇，脫胎換骨另出境界如〈封神榜裡的哪吒〉者，實在很少。近年來我們的文壇上，逐漸成熟的青壯作家，有野心而未被商業蛀蝕的，還是有的；我們的文壇雖然很沉寂，但孤星點點仍然燦然有光。非常希望這些有心人能夠如〈封〉文作者那樣，苦心挖掘好好創作。這是筆者不揣簡陋草此拙文的心情。《哈姆雷特》、《羅密歐與茱麗葉》、《浮士德》：這些可以容納一切人性和作者哲學思想與性情的題材，我國古典珍藏及民間傳說裡不會少。孫行者不像「薛西佛斯」的近親嗎？白素貞的悲劇比茱麗葉的包容性廣闊多了；哪吒這一段故事大可和哈姆雷特打對台。問題是，我們的作家需要更大的苦心恆心，能困守寂寞貧窮的志節。文學的園丁，中外古今都是這個樣子。

哥兒倆

一

這真是不同尋常，當他們把端坐在藤椅中的舅父放落地上，我心裡一陣沒來由的興奮，忍不住想笑，可是看見舅父臉上肌肉僵硬，鐵鑄似的，又把笑意給硬吞回去了。舅父藏青色絲棉袍下襬汙濕了一大片，一隻皮鞋也不見了，白襪上沾滿了臭烘烘的泥漿。

那年冬天我正縮在小閣樓裡做寒假作業，突然鄰居郭大媽來將門拍得震天響，用刮得人耳朵生痛的聲音直嚷：「不得了嘍，你家老太爺掉進陰溝裡去嘍。」我便和表哥仲奎奔了出去。在黝黑的窄巷裡，飄著星點雨絲，隔著一段距離就看見舅父正跪倒在坑窪不平的泥地上，左腳斜踏進陰溝裡。他一面聳動掙扎，一面大聲叱罵，我聽得分明，他說：「他媽的！」他還說：「他媽的，栽在這鬼地方。」我心中直樂，從沒聽舅父動過這樣的粗口，好新鮮。

等我們七手八腳攙著舅父將一隻腳從陰溝裡抽拔出來時，舅父已經不大好走路了，扶撐著長滿暗苔的路牆邊直喘氣，嘴裡哈出長長濃濁的白煙，那年冬天，真冷。一夥人在溝旁僵持了好一會，雨點直往衣領裡鑽，小冰珠似的，我冷得把下巴頦都縮進制服領子裡去了。最後還是郭大媽出的主意，叫仲奎回去搬一張椅子，又喚郭叔來幫忙，三人抬轎子似的將舅父扛著行走。這時街巷左右鄰居也有推門出來伸頭探望的，郭大媽格外奔前奔後，招拂坐在藤椅上前進的舅父：「可小心哪，別再翻下來啊！」

舅父儼然高坐，臉上一點表情都沒有，莊嚴得可以列入學校教室牆上橫懸的古代將相圖表裡去，被一夥人前呼後擁地抬回了家。

藤椅才落地，舅父向郭大媽和郭叔叔致謝：「多麻煩你們了，請坐一會兒罷。」

郭大媽想是早就想進來看舅父家的擺設了，只是平常舅父從不與鄰居往來，苦無機會。此刻她坐在日式客廳的半舊漆皮沙發上，身子前傾，眼瞪得老大，一會望望竹頭書架上暗沉沉的重疊線裝書匣子，一會兒看著四壁白粉牆上懸掛的山水字畫，她的面容驟然呆木下來，像被懾去了魂靈似的，嘴裡發出嘖嘖的聲音：「——邱老太爺是教授，又是出名的畫家，我們哪，早就想向老太爺討張畫來掛掛了——這巷裡潮濕得緊，我那兒的牆壁總是霉霉斑斑的。如果有張字畫掛掛多好——哎呀，真是的，老太爺的腳不要緊罷，不要緊罷。」

「噯，噯，哪兒的話，不要緊——」舅父的聲音平板得倒像是在下逐客令：「仲奎、小昆，去倒茶來招呼客人。」

「不用了，老太爺早些歇著罷，改天再來探望您了。」郭叔和郭大媽告辭。

他們才出門，舅父的臉孔突然歪塌了，露出痛苦的神情，彎下腰去，將白襪子褪下，又將棉袍撩起，把褲管捲到大腿上。枯乾多皺的膝蓋隔著袍子猶自青了一大塊，摔得可真不輕，我看見舅父摩搓著關節，瘦骨嶙峋的腳掌在觸撫下微微顫抖著。

「要不要去找葉阿姨？」仲奎怯生生地問。

葉阿姨是市立醫院的護士長，由於舅父的嫡親弟弟——在台獨身的二舅——身體一向不好，經常要發氣喘和其他毛病，醫院裡進進出出的，和她混熟了，我們都喚她作葉阿姨。那年冬天二舅正住院，我和表哥送湯水去時，都是葉阿姨在照護他。

「沒什麼大驚小怪的——仲奎，去看看廚房裡的火還夠不夠再接一個煤球，煮鍋開水，我要燙燙腳。」舅父說。

仲奎表哥答應著去了，我垂手站在一邊，觀望佝僂著肩背的舅父，突然心中一涼，預感到舅父在這空檔必然又要考問我的功課。便趁他還在撫傷的當兒，也一溜煙地跟著表哥去了。

下了兩磴石階，花園裡一陣冷風襲來，我連打了幾個寒噤。這幢日式宿舍原有的廚房早就在幾次颱風吹颳下半傾圮了，後來改用石棉瓦和木料在花園邊增搭出一間三角形的小屋，權充廚房。舊廚房裡便成了堆舊家具物品的地方，裡面有成箱從大陸搬過來的書籍、瓷器、衣物，多少年也不曾打開過，是舅父準備有一天能原封搬回家鄉的，然而此刻塵灰蛛網密布，可以聽見老鼠吱吱打洞的聲音。

花園的廚房裡沒有亮燈，又冷又暗。表哥蹲在洋灰地上，對著一個泥煤爐，嘩啦嘩啦地搖著一把破竹篾扇子。爐上半熄的煤球上架疊著一隻青黑色未燃著的機器煤球。我與表哥並肩蹲在暗處，看火舌從紅亮的小爐門往上升，那火舌很調皮，在煤球的十來個孔中跳躍出沒著，並且竄發出辛甜的煙氣，熏得人頭腦也沉滯了。

微微明滅的爐火照亮了表哥的半邊臉龐，兩道蠶眉下溫馴的眼睛一眨也不眨，彷彿在靜靜地沉思作夢。表哥皮色長得白，身材瘦而高，想是書讀多了，長年背脊總是弓弓的。我則長得黑壯，大手大腳，兩人若一同走上街去，七爺八爺似的，誰會相信我們是表兄弟。

爸爸每回罵我，總要拿表哥作例子：「看看人家多斯文，每學期都在師大附中拿第一名得獎學金，哪像你整天抱個球滾得一身泥，長得人不像人、鬼不像鬼，還不如跳淡水河算了。」便就是這樣，爸爸在寒假把我押送到了廈門街舅父家中：「去沾點人家的書卷氣再回來罷。」爸爸說。

他們家的書卷氣可真是把我憋悶瘋了。舅父一天到晚抽著板菸斗，一言不發地坐在他的山水畫前發楞，或是準備他給學生臨摹的畫稿。表哥則整日窩在閣樓裡看書。人和人就是這麼不同，我想：我功課固然太差，像表哥這樣文弱，連球也不會玩，也未免過分。如果把我和表哥一加一除以二該有多好……

「小昆，幫我找把火鉗來。」表哥把我從半睡半醒的狀態下喚醒了。

我和表哥用火鉗將燃著的煤球夾起，放進另一個空爐中，將大鋁鍋盛滿水燉上，水珠滴入煤火發出嘶嘶的聲音。火舌漸漸穩定，廚房裡散布了一層淡漠的明亮，顯露出暗黑色、潮濕的水泥洗滌台，放剩菜的綠紗櫥，櫥門上一隻像癩瘡似的大灰蛾在緩緩爬行著。牆上掛著被油煙熏暗的美女日曆，電影《桃花江》裡的鍾情作村姑打扮，站在布景花樹下扭著大辮子假笑著。

二

閣樓裡一架鐵管雙層床，表哥睡下鋪，我睡上鋪。那天晚上，才睡了一會，朦朧中好像有人站在頭邊，我驀然驚醒過來。

我睜開眼，看見表哥不知什麼時候下了床，趴在閣樓窗口張望。窗外的月色透進來，照著穿白色緊身棉毛衫褲的表哥，一動也不動，單薄得像片紙剪的人形，嚇了我一大跳。

「表哥，你在做什麼？」我問。

「噓，你聽！」表哥半轉過臉來，面色凝重地說。

廈門街冬天的深巷裡是靜寂的，偶爾可以聽見狗吠的聲音，彷彿是來自極遼遠的地方，一隻狗的叫聲會引起第二隻第三隻的回應，然後我聽見拔尖的一聲長嚎，那嚎聲好像是一根銀亮緊繃的細弦，直通向天邊。

我失掉了睡意，坐起身來：「聽什麼啊？」

在狗吠聲中，有木屐踏在石子路面單調而響亮的步伐聲，由遠而近。表哥立刻把臉湊近窗子，彷彿要把臉都貼平在玻璃似的。他的動作使得我也又緊張又好奇地推開了暖和的被窩，從貼近的上鋪的窗口往外望。

籠積著塵灰、昏黯的閣樓玻璃窗，像冰塊一樣沁人肺腑。我兩手趴著由上往下望，窄小的木質窗欄把外邊的街道框成了一幅平面的圖畫。

我看見一個穿皮夾克的男子，兩手插在褲袋裡，緩緩走到廈門街的巷落。

「就是他，你看，他就是環河幫的開山老大。」表哥指點那走近的人影說。

「真的？」我驚喜地說。關於環河幫的故事在同學裡我聽得多了，只是從來沒見過。只可惜街上光線太暗，那人又翻轉了皮夾克的領子，遮住了大部分的臉頰，只看見亂蓬蓬的一堆頭髮。經表哥這麼一提，我對這男子的姿態產生了極大的傾慕與好奇，特別是他緊窄的褲管繃得腿像根棍子似的。趿木屐的赤腳，是那樣地邁跨著無情的八字步，在「克托、克托」的聲音中走過。

「表哥，你看他的腿一彎都不彎，說不定褲管裡藏著一把武士刀哩。」在同學聊天中我聽過種種關於太保在身上暗藏武器的方法。

木屐的聲音和人影消失在巷子彼端的陰影中，表哥咳起嗽來，轉過身，蒼白的顴骨上浮著兩朵紅暈，咳過以後，他含含混混地說：

「武士刀？當然！……他們還用飛輪……他們打起架來好狠……我看過，銃得一身都是血……要把手腳都砍斷才算數……」

我正聽得有味，沒想到平常規規矩矩的表哥竟也懂得這麼多，不由得敬佩起來。表哥突然神祕地笑了，又說：

「……我還有他的手指。」

「什麼？」我大為驚訝，以為聽錯了。

「我拿給你看，可千萬不要告訴別人哦——」

他拉開壁角木頭書櫃的門，裡面整整齊齊幾層都是表哥從小學以來用過的陳舊教科書，從一疊歷史、地理灰藍色的書籍背後，他掏出了一個做化學實驗用的玻璃小瓶。扭亮桌燈，我看見他手中密封的玻璃瓶裡果然有一根發白、蠟做似的手指，懸浮在透明的液體裡。一下子，我的汗毛和頭髮都直豎起來，我吶吶地說：

「這手指是真的還是假的？」

「當然是真的，你看不見插在皮夾克口袋裡的手，右手只剩四隻手指。」表哥說：「去年六月的一個晚上，他們揮著武士刀從巷尾一直追殺到我家門口，後來聽說是青鳥幫向環河幫尋仇，四五個人圍攻環河老大，我在閣樓上看得清清楚楚。環河老大可真行，背靠著我家的大門，上衣全撕碎了，一臉一胸都是血，青鳥的人用刀往下劈，老大也沒有武器，就用手去格……」表哥描述得眉飛色舞，又把手掌併緊，作出赤手格刀的姿態：「……那時大概是有居民通知了警察局，他們就奔散了。警察還按了我們家的門鈴，進來詢問了一番，爸爸氣得要命，對警察說：『這幫下流痞子，應該統統抓起來，送到綠島去。』警察並且在門口，將地上的一灘血印研究了又研究……」

「血印？」我緊張地問。

「老大留的嚒——」表哥皺著眉頭說，彷彿嫌我傻得無可救藥，我卻不放鬆，繼續追問：

「那手指呢？」

「那手指是老大的，它飛過了牆，掛在院子裡的榕樹枝上，我第二天才看到的，我就把它泡在酒精裡。」

「老大有沒有回來找他的手指？」

「當天晚上，警察走後，有兩個小太保來到門口張望了半天，大概是老大派來找手指的，後來又過了幾天，他自己也裹著繃帶來過。」表哥說著又小心翼翼地將瓶子收回櫥櫃裡，將木門拉上。我半天屏住了呼吸，努力設想剛才穿木屐走過的孤獨男子和這手指的關聯，我彷彿回憶起，剛才當他經過舅父家門口時，藏在暗影裡的眸子曾經冷淡而又帶著留戀地往這邊地上瞥視了一眼。這念頭使得我毛骨悚然地快樂起來。

「警察沒將他們都捉起來？」我問。

「警察不知道打架的是誰，鄰居都不敢說。警察也來問我可曾看到些什麼，我就說我什麼也不知道。」

「你怕說出來他們會揍你？」

「我才不怕，我只覺得老大他們很棒。」表哥說著，扭熄了燈光，俯身鑽上了床，房間沉入黑暗和靜寂中。我一時睡不著去，眼瞪瞪地望著薄木拼成的低矮天花板，雨漬在粉漆上漫漶成各種幽深奇異的圖形，其中彷彿有老大的手指在漾動著，向我勾引暗示著。我聽到表哥在下鋪的低微呼吸和咳嗽聲，表哥也還沒睡著。

「小昆——」表哥的聲音從暗裡昇浮上來。

「唔？」

「小昆，我想起剛才你睡覺的時候——」表哥說：「——我聽見你在說夢話哩。」

「我說什麼？」我好奇地問。

「我聽見你叫『姆媽』，是想娘了是不是？明天我陪你回家去玩。」

「我才不想娘，你才想娘。」我粗聲粗氣回了一句，才想到我從來沒見過表哥的娘，聽說是淪陷在大陸沒出來。

表哥不吭氣了，我覺得有些後悔打斷了談話，很想爬下床去跟表哥道歉，再談一談關於老大和手指的故事。突然間我覺得又孤單、又害怕，很想跑下去和表哥一起睡……

三

才要睡過去，舅父在樓下叫起來了。我和表哥匆忙披了衣服跑下樓，看見舅父穿著睡衣褲，花白的頭髮刺蝟一樣倒立著，正坐在客廳裡抽著板菸，一屋子香濃的菸氣。他一面將菸斗咬得吱吱響，一面從牙縫裡說話：

「我的腿痛得不行了，仲奎，你到巷口去打個電話給葉阿姨，看看那兒晚上有沒有急診，如果有，就叫一部三輪車進來。」

表哥出去後，舅父仍坐著發楞，菸泡一個比一個大地從他鬆緊吸吮的嘴皮中冒出來，好像隨時會放出一個無比的大菸團，把他衰老傷腿的身體整個包圍起來似的。

突然間，他把菸斗從口中取下來，笑吟吟地問我：

「小昆啊，你倒說說看，你覺得我的畫怎麼樣呀？」

我嚇了一大跳，半晌才懂得了他的意思，是問我牆上一幅他新近完成的山水畫作品。我戰戰兢兢地將那幅畫軸看了又看，聽爸爸說舅父的畫絲毫不阿俗取媚，是得了元朝什麼大痴的筆意。然而我只看見許多荒荒散散的墨點、小石頭堆成的一座大山，沒有樹也沒有人，半天也看不出個所以然來。

幸虧舅父似乎很快就忘記他所發的問題，眼神邈邈茫茫起來，或許是沉進他自己山水畫的意境裡去了罷。

一會兒門口傳來踩蹬三輪的鉸鏈聲，是仲奎乘坐著三輪車回來了。當我幫著舅父套穿長袍時，才發覺舅父的腿的確扭傷得很厲害，每做一個動作，他都在強忍著呻吟。

在醫院裡，一位實習醫生給舅父的腿上了夾板，說是在筋肉復原前，短期間不能受震動，便也由葉阿姨安排，住進二舅的病房，剛巧二舅住的二等病房還空著一個鋪位。

葉阿姨用輪椅將舅父推過燈光照耀下，光滑如鏡的市立醫院長廊。葉阿姨不像其他院內面孔冷冰冰的護士，她彷彿總是開心的，見了我們總免不了摸頭捏臉，親暱得叫人害怕。她的身材胖大，看起來三十多歲，也不知她結婚了沒有，表哥曾暗底下說她：「——看她那副肉麻的模樣，一定是個『沒有男人的老處女』。」

這時候葉阿姨頭上戴著雪白僵硬的小帽，挺胸突臀，迅快地推著輪椅上的舅父，倒更像是個精力無窮的母親，要把嬰兒推到公園裡去做日光浴似的。

「也讓你去看看你那寶貝弟弟罷，這兩天真是教人受不了啦。」葉阿姨一面走一面叨叨地說：「叫、鬧、不肯接受注射，怎麼你們兄弟兩人就一點也不像，還是你比較聽話。」

我和表哥在旁直做鬼臉偷笑。舅父坐在輪椅上仍舊直強著細瘦的頸項，只是落在葉阿姨手中，威風不起來了。

進入三〇六病房時，二舅沒睡，手上吊著的鹽水針還滴剩了半瓶。看見舅父進來，他在白被單下瞪大了眼睛，掙扎了一下，仍然坐不起身來，用嘶啞的聲音問道：

「喂，和尚，你怎麼，回事？」

「摔傷了腿，跟你作伴來了。」葉阿姨大剌剌地代舅父回答，將舅父扶上了空床，替他把枕被掖好，又回頭向二舅嫵媚地一笑。

「摔得，重嗎？——上了，年紀要，特別小心，骨頭……」二舅努力從枕上扭過頭來，兩字一喘，斷斷續續地說。

「我沒有什麼關係，你好些嗎？」舅父用嚴峻的口氣問候他。

「你們都不許多說話，很晚了，該睡了——」葉阿姨轉向舅父說：「一會兒我給你拿止痛藥丸來。」

「我不，好，我……痛得很，我也要，一些止痛藥……」二舅躺在病床上，看起來比舅父顯得更老，一頭枯乾蒼黃的頭髮，從下頜起，他藏在被褥底下的身體，似乎也瘦得不存在了。

「你沒有啦，你早吃過了。」葉阿姨說。

「哎呀，我的，媽媽呀……我胸口，好難過啊……」二舅突然提高了聲音嚎叫起來，伸在被褥外連著滴針橡皮管的手胡亂揮舞起來，差一點將懸吊的鹽水瓶也打翻了。

「你看看，你看看，你做哥哥的也不管管他。」葉阿姨匆忙過去，像老鷹撲小雞一樣壓住二舅亂動的身體，二舅竟哭了起來，哭得口涎都流到枕頭上。

「你真病糊塗了——」舅父氣得顫危危地從病床上坐了起來：「你怎麼就不能忍耐一點，這成什麼體統？」

「和尚喂，我要……我的媽媽……」二舅的聲音低下來了，臉孔哭皺成一團。我和表哥都在一旁看呆了，從來沒想到一個老人會哭成這樣，還嚷著要媽媽。

這時更出奇的事發生了。我看見半披著氈被，坐在病床上的舅父，一動也不動地俯視抽泣著的二舅，像一尊泥塑木雕的羅漢像。他的銀髮發光，臉上變成憐憫和慈愛的容顏，突然間兩滴清亮的淚水從他的眼角溢出，迅速滑過枯瘦的面頰，直直掉落在漿洗得十分硬挺的白被單上，鉛水一般，落地似乎可以聽見，發出「嗒」的聲音。

「你們兩個小鬼可以回家去啦。」葉阿姨向我們揮手，故意作出滑稽的恐嚇狀，將呆看著的我們趕出了病房。

走出門外，葉阿姨似乎有些心神不寧，捏著表哥的膀子走了好一段路，向他叮囑明天要買隻土雞熬湯送來的事，反覆叮嚀著作料、火候之類的事，說了半天，突然歎了口氣說：

「我們今天給你二舅做肺部檢查，報告還沒出來……我看情形恐怕不太好。」

剛下過一陣小雨，街上有點水漬，離離映照著月色，這夜晚格外顯得清寂寒冷。我和表哥一前一後，兩手插在褲袋裡，縮著脖子往回家的路上走。一輛空三輪車搖搖晃地從背後超過來，車伕回頭看了我們一眼，我們並沒有上去。
我從來沒有過深夜行走在街上的經驗，每經過一些黝暗巷落時，都忍不住要張望一下，想到那兒也許會出現「老大」的蹤跡，覺得又害怕又刺激。然而我只見到一隻瘠瘦的黃狗，把前肢和頭俱都插在垃圾堆裡，身體猛烈聳動著，「合合」地在大口吞吃著什麼。
「為什麼二舅喚你爸爸作『和尚』？」我突然想起方才的事，問表哥道。
「爸爸小時候算八字，說是命硬，要許給了佛才好，家裡就替他取了和尚作小名。」表哥說。
對於讀線裝書、畫國畫、穿長袍的舅父，他在大陸上所度過的童年和經歷，對我來說，是遼遠得無法想像的事，我疑惑地又問：「剛才你看見你爸爸哭了嗎？」
「我看見了。」表哥答。
「我奇怪他為什麼要哭？」
表哥沒有回答我的問題，卻轉過身來低聲問我：「冷不冷？」
我搖搖頭，感覺到冷意打腿肚往上直鑽，低頭望見自己卡其布制服褲下露出的一截絨布睡褲邊緣，拖在地上，已經有點濕了。我故意把腳步踏得踢響，濺起地上更多的泥水。表哥惡作劇地從背後將冷手往我領脖裡探抓，凍得我一縮頭，我們倆一道笑了起來。

「餓不餓？」表哥又問，把手搭在我的肩膀上。

「不餓。」我說。

我們又經過了一個黝黑的巷口，這回有表哥搭著肩膀走路，覺得一點也不害怕了。

四

我手抱著頭，手肘頂住靠牆的沙發椅墊，兩腳一蹭，就倒立起來了。從這樣顛倒的姿態下，我再度研究舅父的山水畫。這回我發現旁邊有一行字，怪怪的看不清楚，倒立著認字真不容易，我胡亂辨認著：「……無計可……補天……什麼什麼荒山……頑石什麼什麼……」不小心腰桿一動，差一點倒下來，兩腳懸空亂踢了一陣才又平衡過來。

「表哥，你看出什麼名堂來沒有？」我問。

表哥坐在舅父慣坐的靠椅上，口裡咬著菸斗在吞雲吐霧，兩手搭在肚腹上絨線衣的皺褶裡，兩隻瘦長的腿伸得長長的。他正瞇著眼看畫，就像舅父慣常的姿態一樣：

「這個，雖然著墨無多，卻有一種荒蔓的逸趣……」說著他又從茶几上迴旋菸斗架上換了一隻形狀不同的菸斗，塞上菸絲：「不能與一般疊石架山相比，咳，今古滄桑，家國之痛……」

我大笑起來，表哥真絕，把舅父的腔調學得維妙維肖。肚皮一動，身子的重心不穩，身子也軟了，便歪歪斜斜貼著沙發椅背倒了下來。一剎時我看見舅父畫中的大山也倒了，山上的石塊紛紛崩落，散進大菸斗放出的雲霧裡。

倒在長沙發椅上，我仍然抱頭笑得肚子痠痛，直到壁鐘敲了凌晨三下才止。舅父不在家，真好。

後來我和表哥輪次試抽舅父留在家中的七支菸斗，抽得頭暈暈的，卻一點睡意也沒有。那年冬天的夜晚彷彿特別的長，永遠過不完似的，在舅父廈門街的客廳裡，一切陳設布置雖然都是老樣子，卻又像是都不同了。表哥沒有說話，兩道軟眉毛壓得低低的，像是在思索著什麼大事。

抽完了菸袋裡所有的菸絲後，我聽到肚皮裡咕嚕咕嚕響，一股酸水直冒到口裡。我實在想不起更有什麼瘋事可能在這一個夜晚再發生了，於是咂咂嘴說：

「表哥，肚子餓了。」

我們走下泥滑的台階，聞到夜裡園中的桂樹正靜靜吐放著香氣，穿過半傾斜廊簷，聽見老鼠吱喳開會的絮語。花園廚房門口有暗紅的火光，彷彿在招呼我們進去。煤球正燒得通紅，廚房早已被烘得暖洋洋的，我蹲在爐門口烤暖雙手，一面看表哥從綠紗櫥裡取出剩飯——我打量那隻灰蛾不知什麼時候不見了，外邊那麼冷，會飛到哪裡去？

表哥熟練地取水將剩飯攪拌起來，煮了半鍋噴香的鍋粑稀飯，又在泡菜罈裡撈出一碟泡菜。就著廚房裡的矮櫃，我們坐著吃了起來，爐火加上滾熱的稀飯一下肚，混身都熱騰騰的，我先把夾克給脫了。

表哥吃了幾口，放下筷子，楞楞地望著我吃：「小昆。」他輕輕叫我名字。

「唔？」我抬起頭來，嘴裡正嚼著一片繃脆作響的蘿蔔皮，我看見表哥的臉紅紅的，很正經嚴肅的模樣。

「小昆——」他說：「——我們將來要過一種熱烈的生活。」

我被他說話的神采迷住了，他的眼睛深深發亮，裡面有一份平素所沒有的驃野勁兒。

「小昆，我們要強壯，勇敢——」他思索了一會又說：「——我們要靠自己的力量去打天下。」

「我們乾脆來組織一個幫好不好？」表哥靜默了一會，這樣問我。

「好啊！」我摜下了手中的碗筷，幾乎跳了起來，腦海裡剎那閃過環河老大那穿著木屐，傲岸地走過窄巷的模樣。

首先必須要有一件皮夾克和武士刀。我心裡想著不由得手舞足蹈，「嘿！」的一聲作了個環河老大空手搏刀的姿態。

表哥笑了起來：「可也不是叫你去亂打架啊，我們是要憑本領去打抱不平。」

我懷疑地斜睨了表哥一眼，文文弱弱的表哥能幫助別人嗎？我說：「總得鍛鍊身體，把肌肉練得很棒才行。」

「光靠肌肉，沒有頭腦也不成。」表哥說：「我讀過很多好書，我會借給你讀。」

「那我教你打球，做運動，練單雙槓……」我嚷著說。

「好啊！」表哥很興奮：「只要我們團結起來，就什麼也不怕了。」

我的頭腦飛快地轉動，未來的世界突然明亮起來，新鮮、豐富，充滿了傳奇和刺激。當我們收拾好碗盤，離開廚房時，我意猶未盡地問：

「總得有個名字。」

「什麼？」表哥訝異地說。

「我們的幫啊——」我低聲問，覺得有點不好意思。

「唔——」表哥沉吟了一下，說：「就叫作兄弟幫吧！」

我緊緊地擁抱住表哥，雀躍起來。

那是民國四十五年的一個冬天夜晚，窗外瀰漫著霧氣。遠遠近近傳來尖銳的狗吠。我們兩人同在雙架床下鋪一道睡，在溫暖的被窩裡我們手握著手，靠得那麼近，可以同時感覺到我的和他的心在跳躍。那一年仲奎表哥十五歲，我十三歲。

盛開的扶桑花

一

車隊結著人潮，在這鬧市街上，捲動著、延展著、推挨著，逐漸擠攏向一條大路，忽又偏散向另一條街道。馬路邊車站前，零星的人被拋下，牽掛在街旁雪亮的櫥窗前，又有些人彷彿在那貨品滿溢、流淌出店面的汙舊紅布「減價」招幔下……

在這條金錢紋紅磚鋪成的鬧區通道上，費艷華挽著假麂皮皮包，時時必須以手肘頂開迎面而來人潮的身肩，帶領喘吁吁、矮胖個兒的楊太太通過騎樓走廊。

費艷華穿一身薄麻紗敞胸洋裝，脖子上繫一條同樣花色的細窄紗巾，半黏貼在汗濕的肩背間。她戴著一副變色水銀的寬邊太陽眼鏡，不時轉動那盲黑的鏡片向各個櫥窗的方向。楊太太可顧不得流覽這鬧市風景了，半低著油光水滑的髮髻，像一頭下了決心的獸一樣，隨著艷華只顧向前闖，嘴裡卻半無意識地叨唸著：

「——早就應該去探望你娘的，唉——怎麼，你娘已經開始吃肉了啊？」

「早開葷了，我們大夥壓著她吃的，那逸雲齋的雞倒不是……」

兩人的行動倏忽被人群吞沒，消失在無數倉促移動的身影和互相閃避的眼光下，彷彿是被一陣浪頭挾藏了，又不知帶離她們走了多遠。再出現時，她們已站在逸雲齋燒烤店油膩的玻璃門內了。

費艷華和楊太太此刻正聚精會神地審查躺在砧板上的一隻全雞，是如何在迅快閃亮的刀下，被大師父剁成整齊的碎塊。楊太太兩手緊緊交握著皮包，布滿細緻皺紋的圓臉在緊束的旗袍領口裡，隨著刀勢的上下微微點數。

「——今早媽打電話來，指定我非買一隻逸雲齋的燻雞不可，說是明天上供用。我路過才拉了楊伯母一道去西口街看媽。」艷華說。

「是啊，這點北方口味，別處還真買不到——也真是快，晃眼又是你爹的周年忌日了。」楊太太口裡這麼說著，眼睛卻一眨也不眨地督視那堆雞肉被排齊，一層油紙又一層花紙包紮成狹長四方形：「還記得你爹剛去時，在普濟寺裡做七唸經，那一陣子費老太太真是脫形得不像樣，虧得後來大志帶了媳婦美惠在家一心孝順。」

「提起我那四弟啊，不說也罷！」艷華撇一撇嘴，接過包好的燻雞，手提著和楊太太一道向外走。剛推開店門，那門外的熱流剎那穿過滴油、掛滿燒烤禽肉的冷氣房；來往行人交織的紛沓又像一道堅實的牆倒壓過來，兩人掙扎著才擠到街口喚計程車。

「爸爸一輩子事業順利，退休後一向又沒災沒病——楊伯母，並不是我做女兒的沒心肝胡說，別人那時也都這樣勸媽，真是替爸爸歡喜都來不及——」艷華一面搜索街上空車，一面說：「——閒來蒔花養草，愛吃就吃一些、愛玩牌就玩一回牌，說去就去了，一點苦也沒受。這樣的壽終正寢，我們修三生還不知修不修得到這份福吶。」

「嘖，嘖，真是。」楊太太彷彿很遺憾地點頭稱是。

六月底下的計程車，車外玻璃上雖漆著斑駁「冷氣開放」字樣，車內卻像火爐似的。車剛開動時，艷華和楊太太都不敢靠那燙人的絨布椅背，艷華虛坐著，尖尖猩紅十指緊抓著前椅邊緣。

計程車後座的身歷聲擴音箱，擴大得不近人聲的流行歌曲一闋接一闋播放著，充滿這鐵皮和玻璃包圍的狹小空間，彷彿是窗外流動街景的配樂。

「爸以前最愛聽鳳飛飛這首〈天堂夢鄉〉了——」費艷華說著隨歌哼唱起來：「——一對、一對粉蝶逍遙飛翔，我來跳舞，你一起來呀、來歌唱。這個世界好似……多麼～幸福，多麼～美滿，這裡是～天堂……」

突然的一下緊急煞車，艷華手撐著倒還好，楊太太哎呀一聲，向前虛栽了半截蔥。

代。

「他媽的，小鬼。」計程車司機頭也不回，僅以一聲短促的咒罵對車上乘客交代。

正是下班放學時分，炎炎西斜的日頭下一群小學生過街，先是密扎扎、黑鴉鴉攢動的一堆，隨著細碎加快的腳步，又散成各帶著圓錐形影子的個體，橫跑過曬得發白的柏油馬路。車前面一個惶惶地向車內瞥了一眼，大概是被急煞車的聲音給嚇著了，緊抱著書包，那瘦小的臉驟然團皺起來，竟像個奇異的小老人似的，歪咧著嘴，要哭不哭的，快步奔向馬路那一頭去。

「這些沒娘教的，乾脆輾得分屍了事。」楊太太拿出手絹，拭擦臉上嚇悸出來的油汗。

「每次見到這一堆放學的小鬼，心裡就毛躁——」艷華在車子再度開動後，附和著楊太太說：「——半大不大的，像人不像人，就拿我家那幾個來說，皮得不成話。過去也只有爸爸最疼他們，每次帶回家，爸總牽著他們在花園裡玩，任他們把扶桑花摘得到處都是。」

「說到你們家門口的那棵扶桑，也真是開得好，從來沒有見過那樣茂密，一年四季都開花的樹，你爸爸總捨不得修它。」楊太太說。

「爸爸喜歡花，也喜歡孩子，總還盼著四弟那個寶貝早點結婚，給他孫子抱，現在美惠肚子裡有了，他卻看不見了——看不見也罷！」艷華說。

「啊！美惠肚子裡有了，多大了？」楊太太驚叫起來，把艷華嚇了一跳。

「你不知道？家裡可鬧了好一陣子了。」

「這下倒好——」楊太太話說得又快又急，彷彿歡喜得不得了：「你娘一向最疼大志，以後更不知要怎麼寵孫子啦。唷，想得到罷，大志要做爸爸了……」

「你哪裡明白，可苦了媽了。」艷華別過頭，閒閒地賣著關子。

「怎麼？」

「——檢查報告一出，四弟就作起怪來。」

「大志，哦，怎麼個作怪法？」

「——懷孕的是美惠，害喜的倒是大志哪。」艷華說著噗嗤笑出聲來。

「唷！大志害得哪門子喜。」楊太太也笑了。

「頭疼，情緒不好，躲在房裡不肯見人，已經好幾天沒去上班，聽媽在電話裡說，才絕。」

楊太太兩道彎月似的眉毛飛到額頂，訝異地問：「這是怎麼說？」

「誰知道？」艷華眼望著窗外，輕描淡寫地答道：「大志一向脾氣就怪得很。」

駛近金城路口時，前後車輛擁擠，計程車逐漸緩慢下來。焦躁的司機找不到縫隙，終於將車停死在街心，在前後左右亂鳴喇叭聲中，將半截身子探出窗外，尋找交通打結的原因。

坐在車內的艷華撩開汗黏在耳邊的髮捲，看見楊太太還自楞坐在一邊尋思，似乎覺得有些不安，開口說道：「楊伯母您別看四弟一向和和氣氣，不太說話，彆扭起來可不是好惹的。」

「大志不是一向最乖最聽話的嗎？」楊太太說：「我還常和你楊伯伯誇獎他孝順吶，都是你娘的福氣。」

「福氣、有福就有氣——」艷華說：「記得那時候考不上大學，在家裡足蹲了兩年，害得全家人都像賠了半條命似的。後來好不容易考上淡江國貿系，真是祖上積德。哪知道他讀了半年就不肯再讀，可把爸給氣得蹦了起來。爸的脾氣您可是知道，我們誰敢撩他，偏就有我這四弟居然敢和爸頂上。兩個人在客廳裡比賽嗓門，嚇得大家都躲進房裡避風頭。吵到半夜，沒聲音了。我探頭出來看看，你猜怎麼個景象？爸和四弟臉紅紅的，喝醉酒似地癱坐在客廳沙發上，痴痴地對望著掉眼淚哪。

從來我也沒看過爸掉過半滴眼淚，爸後來什麼都順著四弟，給寵壞了……」

「唉！」楊太太長長歎一口氣說：「天下父母心啊！」

楊太太正說話間，一輛後座運載著三層竹簍貨物的重型摩托車，不知從哪裡鑽了過來，貼著計程車車窗煞住，沒熄火的馬達轟轟喘哮，濃厚的白煙打排氣管裡噴漫出來，直灌進計程車廂裡。費艷華和楊太太嗆咳起來。從車窗只看見摩托車騎士那光裸粗壯、黝黑的臂膊，筋暴脈突地緊抓著車把離合器。費艷華一手掩著嘴鼻嚷道：

「喂，這個人怎麼搞的，要死了啊！」

那騎士低下頭來，竟是一張亂髮蓬飛，布滿塵灰的大臉。他陌然地盯艷華一眼，嘴嚼動兩下，「噗！」地吐一口濃稠的檳榔渣，幾乎濺了艷華一臉。艷華和楊太太便泥塑木雕似地呆住了。

路口澈響起消防車的鈴聲警笛，風馳電掣般從前方通過，當鈴聲消弱在遠方，打結的車輛才鬆動下來。在此起彼落的喇叭聲中，黑臉漢子一挺身，那胯下的摩托車竟像一匹馬似地縱彈起，載著比人還高一個頭的貨物，迅快地從車隙中走之字形消失了。

「下流，無聊——」艷華這時才狺狺罵出話來：「——真是倒霉。」

過了一會，艷華卻又笑起來：「今天可不能打牌了，一定輸錢。」

「是啊，你看攔胡多少次。」楊伯母笑著附和。

在這六月的湛藍天空下，懸浮著搖盪的「大廈招售」汽球，連綿新起的高樓及竹頭鷹架，俯臨著街心成串磨推著的車輛。艷華和楊太太的計程車由澀慢而輕快，帶著一泓國語流行歌的樂音，夾在前後的車流裡駛遠了。

二

這是一幀發黃的放大照片：

一位五十左右，穿長袍的男子，舒適地背剪雙手，挺著飽滿的胸腹，透過玳瑁細邊眼鏡，略帶矜持地往這邊瞧。

背景是一角涼亭，亭外有鬱鬱的松針和奇拔的山崖，一線流泉飛掛入縹緲雲煙，像極了國畫中的山水。

相片角落上題了毛筆字，大字是秀勁的行草，寫的是：

獨自莫凭欄

邊上是蔴密的小字，還印上篆書石章：

民國四十一年攝於烏來飛瀑前
民國四十九年追憶黃山景色摘詩自遣
浙江費曉樓於臺北寓中

相片鑲嵌在中式細木框中，以黃銅掛鈎懸在發了一圈圈霜片般霉跡的白粉牆上。那霉斑恣意延伸著，轉過牆角、一隻倒插著雞毛帚子的仿清描花大瓷瓶，那霉跡卻又長了腳似的轉向另一面牆邊的黑白電視機背後。

電視機的音量被扭得極小，卻是開著的，在昏暗的費家小客廳裡閃閃放光。隨著電視的閃光，那相片框中的山水人物便也顫顫的，像電視連續劇中的人物一樣，彷彿瞬間也有變幻的表情。

「——不知怎地，我有時覺得他顯得憂愁，訴說著什麼委屈似的……」費老太太和美惠並排在面對電視機、靠窗的舊漆皮老式沙發上。兩人手中都正在摺疊著冥紙。美惠會意費老太太的話，轉頭向相框中費曉樓的相片淡漠地瞥了一眼，便又低下頭，從茶几上那垛齊整的銀紙上，取了輕薄的一片，繼續在膝間很快地摺起來。

費老太太摺得慢，卻極有韻律。彷彿銀紙自身會團轉，才帶動費老太太嶙峋的指節似的，從四方形緩緩自動變成了一個銀元寶殼子，便又自動脫離手指，輕飄飄地翻著觔斗落下。費老太太腳邊翻置著平日用來蓋菜的綠尼龍紗罩，銀紙錠在紗罩內已鋪積了淺淺一層。

「明天上祭前的糖果點心還沒買，你什麼時候到順記去一趟，買點山楂糕和甜餅，記得一定要棗泥餡的……」聲音從低垂蒼黃的頭髮下發出來，也是緩慢平板的：「我本想自己去買的，可是我這樣子實在走不出西口街，我仔細想了想——」

費老太太說到這兒抬起頭，像突然想起什麼似的，乾瘦多皺的臉上帶著疑惑，悠忽的笑容，繼續說道：「自從你爸爸的喪禮以後，我從來也沒有走出過西口街，至多在巷口菜市買點菜，如果走出去怕什麼都要不認得了。」

「今天我上菜市買明天上供的菜，順便帶了半隻雞煨在慢火上，等一回別忘了叫大志吃，他已幾天沒好好吃飯了……」正如同一種憂傷的表情那樣，費老太太深深地又低下頭。沙發邊電風扇轉動著，撩動她髮上一朵已經有點髒了的線鈎白花，像是剛穿過塵封的房間，輕輕沾上的一片薄灰。

「媽，您自己也吃些罷，大志他不想吃，您就別為他操心。」美惠坐直起身，端端正正向費老太太轉過半點脂粉也沒有、年輕勻整的臉龐，聲音低低的，有一分強自壓抑的倔強。

「怎麼能不操心，本來盼著大志成家，總可以好好照顧自己了，哪知道……」費老太太似乎被自己突然拔高的語調驚嚇住，她噤住口停下手中的工作，將視線轉投向黑暗的玄關，悶熱的夏天夜晚，那兒似乎仍蘊含著熟悉的膠鞋氣味，然而鞋架上卻是空盪盪的。

這幢日式公家房子，在光復初年還算是頗為幽雅的住宅，如今卻像是破落得無可救藥了。透過玄關上那扇再三修補過的木條磨沙玻璃拉門，可以看見牆外電線桿上的一盞路燈，明昧照在院角的扶桑花上，紅花半開半謝、吊吊垂垂，召來幾隻有氣無力上下翩飛的蛾蝶和一群浮游的白蟻。

「我想想也心灰了，不如早些跟去……」費老太太背對著美惠，無聲地抽咽起來，削瘦佝僂的雙肩在寬大不稱身的灰布旗袍下劇烈聳動著。

美惠很快地從後園抱住費老太太的肩背，抱得那麼緊，指甲都掐入旗袍皺褶內。還沒開口說話，她的臉色卻刷地變了雪白，眉宇格外顯得墨畫一般濃重分明：

「媽，都是大志和我不好，惹您傷心。」

客廳左側沒亮燈的走廊舊地板上傳來拖鞋走過的支咯聲。老太太停止抽泣，與美惠同時朝黝暗廊洞裡望過去。一會兒聽得「嘩朗——」一聲馬桶抽水，腳步聲又消失黑暗裡了。

兩人靜息了一會。費老太太輕輕把一隻壓扁的銀錠揣起來，重新拆成四方形的紙，攤在膝頭一遍遍摸平。美惠也溫順地彎下腰，將尼龍紗罩內零落四散、翻覆無定的紙錠攏集起來，一個個套合成長落，再安置睡倒在紗罩內。

「剛才他大姊和楊伯母聽說他身子不好，特地來探望。我特地到房裡去叫他來，他就只穿了條短褲，楞坐在桌前，頭髮和鬍子像刺蝟一樣，眼睛也摳下去了，直勾勾的，真是不懂他，你猜他答我什麼；『教這些三姑六婆通通少管閒事。』這成了什麼話，一個是他親姊姊，一個是從小看他長大的長輩，怎麼叫作『三姑六婆』呢？」費老太太的聲音顫顫地壓得很低，瞥見美惠臉上閃過的一絲笑意，不由得心裡生氣，加重語調問道：「大志平時並不是這樣，究竟他嘔的是什麼氣？」

「大志嘔的是我，我肚裡的孩子。」美惠冷然地說。

「難道說肚裡的孩子還會有什麼問題？」費老太太追問著。

「大志原本不要孩子。他要我採取避孕，我也答應了。這次懷孕全然是個意外。」美惠說得輕快，像是在談別家不相干的事，費老太太卻聽得眉頭深皺起來。

「真不知成了什麼世界，我們過去盼還盼不到……」

美惠輕笑兩聲，玩弄起桌上的一片銀紙，略帶鄙夷嘲弄的語氣說：

「——大志看到醫院的診察報告書，便咬牙切齒地說：『怎麼可以讓一個原本不要的孩子生活在這個世界裡。』他說：『這種惡性循環要到什麼時候才罷休。』他說：『人活著真是骯髒，怎麼掙扎著想清洗自己，卻只是繼續把乾淨的東西弄髒了。』他說：『我不能負這腹中嬰兒的責任。』他說……」美惠熟極而流利地重複大志的話，到後來卻像一遍遍在心裡錄好的錄音帶，說著說著自己也禁不住猜疑起來，她突然停頓了，茫然地望著電視上正播放的每日連續劇，好一會兒，美惠的眼睛一眨也不眨，玻璃珠也似的覆映著電視情節，靜默許久，她又開口了：

「今天早上我們到醫院，準備把孩子拿掉。」

費老太太掩住嘴，喉裡發出奇異的呻吟：「怎麼可以——」

「孩子不是我一個人的，既然他不要，就打掉也無所謂。至於去醫院，媽，你不要怪大志，吵是他吵得凶，去動手術的主意倒是我出的。」美惠兩手又閒閒地重新摺疊起一隻元寶，繼續說：

「醫生問：『你們經濟上有困難嗎？』大志在旁緊張得話也說不出口。我說：『沒有。』醫生又問：『你們身上可是有傳染病。』我便答道：『乾乾淨淨。』那醫生鼻子上有一顆桂圓大的肉瘤，一開口，那肉瘤就顫顫的，倒彷彿不是他，而是那肉瘤在說話，真好笑。他上上下下端詳我們一遍，用很奇怪的語氣說：『胎兒過了三個月，墮胎對母體是很危險的，為什麼你們要把第一個孩子拿掉。』我想也不想就回答了：『這孩子妨礙了我們的自由，增加了我們的束縛，是一種惡性循環的結果……』沒等我把話說完，大志惡狠狠地低吼了一聲：『他媽的，我們走！』他跳起身來，把醫院的椅子也蹦翻了——」

六月的天氣，費老太太卻似乎覺得冷，將原本就佝僂的身子縮得更小。聽到這兒，才吶吶地問：「究竟孩子……」

美惠望費老太太一眼，便又垂下視線，輕輕地說：

「媽，您放心，孩子還在，不是我不敢，是大志不敢拿掉他。」

「幸虧大志的爸爸看不到，你們儘管鬧罷，我也管不了這許多了。」費老太太臉上彷彿剎那平添出無數縱橫、刀刻似的深紋。

兩人像方才一樣坐在客廳漆皮沙發上，面向著電視。電視連續劇早完了，畫面上儘是些無味的廣告。兩人一動也不動，誰也沒有起身去把電視關掉的意思。

不知過了多久，客廳左側，那黝黑的廊洞裡又傳來模糊走動的聲音，夾雜著窸窣騷動，彷彿是有人在不稱適的空間裡轉側、欠伸，時刻要走出來，卻又猶疑不定……

兩人悚然聽著，美惠的眉梢神經質地跳顫了一下，像是受到極大的觸動，不自覺站起來向大志房間走去。

「美惠——」費老太太叫道，卻發現驀然停步，轉回身來的美惠臉頰上掛著兩行明晃晃的淚水。

「媽，我累極了。我要回房去睡了。」美惠說。

費老太太的嘴半張著，望著美惠的背影消失在廊洞裡。

好一會兒，獨坐在客廳裡的費老太太將身子前後輕搖著，像是在回味美惠剛才說的一切。

電視螢幕上唱歌的歌星畫面，受到電流干擾，翻轉成空白跳動的連續格子。費老太太緩緩站起身，將電視關上、電風扇扭停，等扇葉全靜息了，才將桌上一落銀紙收拾齊整，將綠紗罩裡成串的銀元寶端進房裡去。

費老太太又從房裡轉出來，經過走廊、客廳，走出玄關，到花園裡油漆斑駁的大門前，檢查門閂好沒有。院子幾日沒掃，洋灰地上，幾朵掉落的紅花被鞋踏得稀爛，費老太太在夜色裡，扶桑花樹下茫然停立片刻。

待她再度走回廚房門口，才突然想到火上還燉著雞湯，忘記端給大志吃。恍恍惚惚一剎那覺得時光倒轉，又退回十年前伴著大志通宵熬夜讀書，準備考大學的情景。煤氣爐上的燉雞湯突突響著，費老太太在滿室蒸氣雞香中熟練、輕快地將塞了濕毛巾的鍋蓋掀開，高盅瓷碗盛上一碗雞湯。

費老太太的顴骨發亮，鼻翼掀動著泛出油光。哈著熱氣撕下半隻雞腿，放進碗裡，兩手平端著，快步穿過走廊，來到大志房門口。門下還透著光哪：這孩子！

正要推門，門下的光卻驟然熄滅了。剩下黑暗裡，衰弱得連碗也端不住的費老太太。半扶著牆，在黑暗裡喘息著摸回廚房。將湯倒回鍋裡時，她的手卻不聽指揮，半灑在桌面上，半灑在地上。

三

美惠，美惠……

在揉皺的床單和毛巾被之間，大志將汗水濡濕的枕頭推開，向蜷縮睡著在他腋下的美惠輕輕喚了幾聲。

大志慢慢從床上坐起身來，牽動了擱在他肩上美惠的臂膊，美惠順勢翻轉過身體，微微吁息了一聲，又朝天睡熟了。那飽滿而倔強的下頷仰著，她的頸部向後拉成了勻柔的弧線。

美惠……

大志輕悄地起身，抓住毛巾被的一角，將遮住美惠身軀的部分拉開。窗外夜色半明昧，照亮了美惠的韻律起伏的、赤裸的胸腹。

美惠，我對你的慾望是無時無刻，不可抗拒的。

美惠，我能走進你多深；如果有一種更大的愛慾可以引領我走入你更深，我便要看一看被你溫暖、潮濕和黑暗的身體所包圍的嬰兒。我要看一看他的身體是不是如同一枚初結在蔓藤上的葡萄實，纖小、透明且有蛛絲一般的血脈，在針尖一樣發亮、細微跳躍的心臟推動下，應和著你的、我的心跳，湧貫著家族祖先的血潮……

美惠，明天又是爸的周年忌日了，我想告訴你的，是關於另外一個熟睡在黑暗裡的靈魂。究竟有什麼異同之處——將來的和已然逝去的？

你除了照片沒有看過爸的模樣。如果是像客廳裡照片那樣的爸爸，曾經是愛喝酒談天說笑的人。那些少年苦讀詩書以求上進的情況，那些事業高峰壯年時代的歷史，那些初涉歡場宴遊不傷大雅的笑話，還有對記憶中故國家鄉美景、美食越漸誇張起來的描述。當然，常掛在嘴上的，是某次在麻將桌上罕有的輝煌勝利……這些故事笑話奠定了我對生活、對爸爸過去的一些概念，也成為我們家人共享天倫的一部分。

然而在我真實感觸中的爸爸，尤其到了最後一年，卻是肉體和精神都處在一種不可挽回衰敗侵蝕中的老人。

爸爸沉默了，卻狂熱地愛上甜食。有一次媽從菜市回來，忘記帶他再三叮囑的山楂糕。爸爸大發脾氣，將慣用的茶杯也摔碎了。從那時開始，他不斷地提起：全家沒有一個人真正關心他。

大概沒有人體會到，習慣於生活在既成價值觀念，隨眾處世的爸爸，是在只有獨自才可以面對死亡面前，深深地恐懼了。

大概是嫌房裡陰濕，爸在最後的日子裡，白天常把客廳靠窗的長沙發當作床，毛毯直蓋到胸前，半躺半坐在絲棉墊上，怔怔地，信手從茶几玻璃盒裡，取那些準備好的甜酸零嘴吃。此外，他彷彿看不見走動的人，也不說話。

直到晚上電視時間來臨，他才又高興些。曾經在年輕時迷過京劇的他，老來卻最愛電視的流行歌曲節目，幾乎以當年戲台下捧角的情熱，他評價著各色歌星。往往要看到瞌睡打盹了，才由媽或我攙回房裡。

有一天下午，天色晴朗澄澈。爸半躺在椅上，隔窗眺望荒蕪多時的花園，特別是雨季過後的青草，茂密得幾乎壓過了幾株半枯的杜鵑，綠得耀眼。

爸那天的氣色比往常都好，突然轉過頭來，對我說道：

「大志啊！記得多少年前我們在客廳裡罵過架嗎？想想還是你對了。人活著的時間太短，什麼事都應該自己作主選擇，一點馬虎不得，要不然後悔也遲了——」

他說完沉吟良久，然後又輕悄悄地說起話來，彷彿是不容第二人聽到的祕密：

「——大志啊，我一生也做了不少別人稱讚的事，別人都說：『費老，真是要得。』可是我想，思前想後的想，好像這一切都沒有意思，不知道究竟少了些什麼，我突然覺得我這一生也沒有意思……」

爸說話的語氣有一種從沒有過的天真，像是一個面臨難題的孩子，渴切仰望著回答。

醫生總說爸爸沒有什麼病，只是上了年紀需要多靜養，勸爸爸停止已經減至一星期兩次的牌局，這是爸爸絕不肯讓步遵從的。

爸死的那一天正好是約好牌局的日子，大清早六點多他就起身了，穿著睡袍獨個上廚房，檢查冰箱裡晚餐的菜肴材料準備得是否周全。

牌局由下午兩點鐘直到晚上十一點。由於爸爸目力的衰退，牌桌上總要用兩百燭光的燈泡照明。幾個牌桌上的老搭子都是爸多年的牌友，不但毫無怨言地忍受燈光的熱烤，還都讓著爸爸越來越大的脾氣。我走過客廳幾次，只看見蒼蒼白髮的爸爸，在猛烈的罩燈和墊桌白布的反光下，瞇細眼睛全神搜索著桌上方城。

晚上牌局散了，慣常是疲倦帶來的暴躁。爸對收拾瑣碎牌具的媽抱怨某人不該扣了牌，某人不該打牌時猛抽香菸。至於提到那位劉先生在晚飯桌上的吃相令人噁心，更是每回慣例要罵的。

當媽從廚房替爸爸重泡上熱茶回來，才發覺爸爸沒聲音了，獨自蹲在牆角，身子縮得極小，白髮的頭深埋在膝間。媽嚇壞了。

我便是這樣看著爸逐漸死去的。當我們將爸爸扶倒在長沙發上，他還有一線知覺，我看見他以一種極大的努力將頭轉向那還自空照著桌面的、正常人視力所不能逼視的兩百燭光麻將燈，瞪視著斷了氣。

我不記得媽怎樣爆發了哭嚎，怎樣歪倒在地板上，將額頭在地上碰得砰砰響。我能做的只是努力抱住媽，努力從死亡中搶奪下一個活人。幾近空白的腦海裡，我突然想到：即使我暫時搶回了活人的生命，這一切又有什麼意思呢？

看見多少關於逝者的舊禮掌故被親友熱心地數點出來。多少無稽的、對幽冥的解釋被當作儼然的儀節執行，最後爸爸的遺體被重重華貴的錦被包裹起來，放進棺木。端著爸齊並的雙腳入棺的我，只怕眾人的手腳粗重了，爸會突然睜開眼，像那天下午那樣說話：

「……沒有意思，這一切都沒有意思。」

大殮出殯的日子，在紮滿塑膠黃菊的靈車上，我披著麻，扶搭著棺柩一角，在緩慢拖長的哀樂聲中，車子駛過大街鬧市區。在車上，我以另一種姿態，另一種角度，我重新看到這城市和人群。不是任何人的，唯獨只有親人的死，能使你感覺到，是半憑依著死亡的黑淵，還竟自檢查這白晝下的生命。

浩漫的人群車輛啊，捲動著、延展著、推挨著、逐漸擠攏向一條大路，忽又偏散向另一條街道。彷彿是一股不可限制的力要擴張、占領這空間。我突然害怕起來，哭泣並抖索起來，我同時驚奇地發現我的哭聲幼稚可笑。

然而，我是表現得多麼成熟鎮定啊！去指點這個、安排那個，直到棺木沉沉沒入黃土中。我知道一個祕密將封入我和爸爸、以及無數先人共同的緘默中了。別人或許會敬悼爸爸有如一個長者，而我卻哀慟爸爸只是一個來不及長大的孩子，來不及辨明這個世界、辨明生命的目的，就被死亡攫走了。

而當我坐在紮滿菊花的靈車上，一手扶持棺木，一面注視這個城市的風景時，確實的，我是感覺到爸爸在我的內裡害怕、啼哭，我才害怕、啼哭起來的啊！

美惠……

美惠，我對你的慾望是無時無刻、不可抗拒的。

美惠，如果有一種更大的愛慾，可以讓我再一次深深進入你，我將牽著那小小嬰兒的手，帶他走出那溫暖、潮濕和黑暗。

我要牽著他的手，帶著他發亮的、赤裸的身體，穿越這窗口，走進黑暗的花園裡。我將指引他欣賞那枯乾的小魚池、蛀滿了蟲蛹的扶桑花。

我要看著他纖小的身體，是如何孑孓走著，又輕輕躍過牆角半盛著紙灰的生鏽鐵鍋。我可以向他描述；到了明天黃昏，那口不起眼的鍋裡，將會昇起一蓬華麗、明亮的火焰，散落的紙錢在火中褪去表面的金飾、幻浮出蝴蝶也似的灰燼，冉冉飄向生者，也飄向逝者。

當然，我也一定要引領他走向過去堆放煤球，藏宿著我童年的屋裡窖洞去。在那兒蹲坐著，正可以看見在盛開的扶桑花下，油漆剝落的大門，那暗夜裡、冷冷的紅。

我將如此鄭重地和這纖小的孩子商量：

我們要走出去嗎？

我們一定得走出去嗎？

秋千架上的小露比

一

「搬了家以後，露比也變得乖多了。以前每回都讓你操心，真是不好意思——」陳太太嫣然笑著，向我說話。塗了猩紅蔻丹的手指圍搭在她四歲女兒露比的肩上：「來，露比，表演唱個歌給叔叔聽，站到牆邊唱，來……」

小陳夫婦最近購下了一層公寓，並且大肆裝修了一番，竣工後的第二個禮拜天，約我到他家晚餐。陳太太也真是能幹，忙出一桌菜，頭髮也沒亂了一根。看她料理家務和從前做職業婦女一樣，仍保持著爽脆俐落的帥勁兒。我不由得豔羨起小陳來，也只有這樣的賢內助，小陳才發得起來罷。

酒足飯飽，圍坐在燈光柔和的客廳裡，我把身體深陷在乳白色摩洛哥皮的沙發裡，舒服得快要打瞌睡了。我半瞇著眼，看著陳太太一手撩起泰綢迷嬉長裙的下襬，一手撈著露比的纖弱手臂，轉過茶几，走向貼了風景大壁紙的牆邊。

那風景大壁紙據說是歐洲原裝舶來品，足足有五公尺見方。圖中一片茂密的櫸樹森林，陽光從離離歷歷的葉梢透入，一處一處地照亮了地上茂生的野雛菊。露比此刻單獨地站在大壁紙前，著一身鵝黃色瑞士紗的童裝，若從這角度拍張照下來，倒真像安徒生童話裡的小精靈哩。

「乖，唱歌，不許拉扣子。」陳太太坐回原位，瞥見露比正扯著胸前一粒草莓似的凸出飾物，趕緊叮囑了一句，又轉頭向我低聲解釋：「有些壞毛病就是改不好，一轉眼就把新衣服上的扣子給拉丟了。外國貨的衣服，你知道，可不那麼容易配到。」

露比沉默站立了片刻，小陳有些毛躁起來。他放下舒適高蹺的右足，身體往前傾，咧開蓄著小八字鬍的嘴唇，半命令式地說：「露比，來，讓叔叔聽你最拿手的歌——〈只要我長大〉。」

「哥哥——」小陳眉毛昂得高高的，捏著嗓子，賣力地幫露比起音。

聽見歌聲，露比顯得有些驚慌。她張嘴向天開闔，像要打噴嚏又打不出來似的，卻一時發不出音來。

「哥哥，爸爸——」陳太太也伸長了她裸露的肩項，發出尖細的高音。

「哥哥，爸爸真偉大，名譽照我家——」像被踢震了一下有毛病的留聲機，露比突然以和她纖小身軀全不配襯的大嗓門引吭高歌起來。大概是她的聲音尚未發育勻稱，給人一種乾澀扎耳的感覺。

「笑，小露比，笑一點，噯，對了。表演，妳忘了怎麼表演——」小陳和陳太太一道咧出牙齒，在一邊替露比打氣。

「為國去打仗，當兵，笑哈哈……」露比的面孔突然冒出汗來，時而絞扭、揮擺著雙手。紗裙下兩隻麻桿似的赤腳也神經質地前後交互踏動。那動作不知怎地，完全不像上戰場的兵士，而像是大難臨頭，無地可遁小動物的惶亂神情。

「走罷，走罷，哥哥，爸爸——家事不用你牽掛——只要我長大，只要我長大——」

露比手舞足蹈、把歌聲竭力帶到最高點，突然靜止委頓地掛在大壁畫前，像一隻玩壞了、被扔棄的洋娃娃，全然失去了光彩。零亂的髮梢汗濕了，撇黏在耳際。我這才留意到她額上有一塊磕青的瘀傷，下頷有一條手爪痕。在安靜中，我也聽到她鼻子發出「嚇赤，嚇赤——」的怪聲音，定是有一個鼻孔不通風，所以另一邊的鼻翼掀張，發出奇異的哨聲。

小陳和太太交換了一個敏捷的笑容，用手捏起茶几盒裡的一塊巧克力糖，向露比說：「好棒！來，給你一塊糖作獎品。」

露比的紗裙發出窸窣的磨響，她潛移腳步走來，和馴地從爸爸手裡接過糖，剝開糖紙，將褐色的大糖塊整個放進口裡，兩頰頓時鼓得老高。

「快吃，吃完了就回房睡覺。」小陳說。

露比兩眼低垂，望著黑玻璃的茶几，嘴巴開始用力咬嚼起來。糖在口腔內轉動，使得她的面頰一時這邊凸起，一時那邊凹下，鼻子眉毛眼睛都皺成一堆。

「饞相，也沒幾顆好牙可以吃糖了。」待露比的面頰恢復原狀後，陳太太扳著她的下巴說：「張開嘴，讓叔叔看你把糖藏到哪裡去了。」

露比張開嘴，果然一嘴爛包穀似的壞牙，還黏糊著剩餘的巧克力糖汁。

「好了，糖下肚了，自己去脫衣服睡覺，別忘了刷牙。」陳太太拍了一下露比的屁股，使她站立的身體頓時歪扭了一下。

仍然沒有抬起眼睛，露比的腳踮起細碎的腳步，沒聲沒息地迅快走到地毯的那一端去。

看見她小小的背影消失在一扇綠色的門後，我忍不住吐了一口長氣。轉過頭來，嚇了我一跳，因為小陳夫婦都正襟危坐，像兩尊泥像一樣，同時直勾勾地用眼望著我，像是在測量我對露比的反應。我慌忙說：「唉，真是，真是，露比真是比從前好多了。」

小陳夫婦同時嚴肅地向我點一點頭。

二

記得四年前，我和小陳夫婦同在一條街上的兩家貿易行上班。小陳新婚未久，太太便懷了孕，常可以見到他們兩個從公共汽車上下來，親親熱熱地一路上班去，陳太太在大全公司做會計，拿的薪水比我們倆還豐厚些，也難怪她挺著個大肚子，仍風雨無阻地繼續工作。

那時的小陳是窮的，連一套西裝也做不起。然而在辦公室裡茶餘飯後，總熠亮著眼睛，談起未來的計畫。他認為這樣經濟起飛的年代，猶自跟著別人做小夥計吃飯，簡直是枉費了青春。他也談起對自己家庭的期望：買一幢像樣的房子，太太不必出去工作，下了班回家，與妻子兒女一道聽音樂，看電視……。我發覺自小家境坎坷的他，對建設一個美滿家庭的意念有異常的執著。即使在那時候，他已經開始在打聽名牌電冰箱、身歷聲電唱機以及各種新奇式樣壁燈的價錢。

陳太太一直到露比臨盆的前三天，才停止上班，潦草地進了一間收費不高、助產士私營的小醫院裡。生產的那一天晚上，我循址前去，走過那間醫院旁邊的雜亂弄堂，剛巧遇見小陳正據著一個板車食攤吃麵。才陪他坐一會，談了沒幾句，突然醫院二樓窗口探出一個穿花布衣裳的歐巴桑，用嘹亮的聲音喊道：「陳先生，快了，快了。」

我看小陳手裡的一叉麵懸在半空中，臉色頓時變成蒼白。我打趣道：「我們快去看看，恐怕你已經做爸爸了。」

那一定是某種神祕的、遼遠的、不可解的召喚，使得小陳的面容凜然震動，產生了與其說是狂喜，不若說是痛苦的神情。他放下筷子，連麵錢也忘了付，像醉漢一般踉蹌著步履，奔進了醫院。

陳太太沒坐完月子就又上班了。初生的露比交給助產士托管，上下班接送。未久，小陳離開舊公司，試行與朋友合夥做生意，由於日夜操心的事務繁多，他有點受不住家中夜啼小兒。便乾脆把露比暫時交給一位遠房的寡孀撫育，每星期去探望一次。

那時小陳和我的接觸還算頻繁，見了面不是談貿易行情的起落，便是小露比會爬、會走、牙牙學語的情狀。彷彿全天下再也沒有哪一個嬰兒比他的露比更聰明、更可愛的了。

在商場闖一年多，小陳漸漸脫離了過去優柔的性格。只要有獲得厚利的機會，他可以不顧一切地衝鋒陷陣。藉著營業，他接觸到一位外籍廠商，慫恿他獨立出來搞一個分銷代理站。那陣子，他為了考慮脫離友人合股的舊關係，人憔悴得很厲害。有一次他邀我上日本料理店喝酒，半瓶月桂冠下肚後，小陳的顴骨燒得通紅。他呢喃道：「他們都說我不夠朋友，見利忘義，你說呢？」

他一面頻頻逼問我的意見，一面用逐漸高亢起來的音調說：「我這個禮拜天又看到露比了，她長得那麼漂亮，我一定得把她接回來。我每一回吻著她噴香的小臉，心裡便發誓，我要讓她將來可以過隨心所欲、像公主一樣的生活。」然後他以專注的眼睛直望著我，一字一頓地：「我做這一切都是為了小露比。」

在他任職外商分銷店經理之後不久，陳太太果然辭去工作，並且把小露比接回來。回家時露比已經三歲了，卻顯露出過去小陳夫婦所不能想像的怪誕行徑，使他們的家庭頓時籠上了暗影。

由於長時間寄養在外，露比一時不能適應父母的生活環境是極可能的。然而她除了經常不肯對小陳夫婦說話，不肯吃食之外，稍不留意，她就會做出類似把棉被裡的棉花拉扯出來，把洗臉毛巾丟在抽水馬桶裡，或是爬到床上把枕頭逐個尿濕的事來。幾番責罵後，小露比開始了令人驚異的自殘行為。她在夜裡不睡覺，也不哭，僅坐在黑暗裡靜靜地抓破自己的臉，把鼻孔挖出血來。怎麼看醫生、吃藥、擦藥都沒有用。那些傷口由於她執拗地破壞，永沒有結痂痊癒的機會，倒更像是先天性皮膚或血液內裡的暗疾了。

有一天晚上，小陳開了他的自用車，抱著只穿小背心的露比，氣急敗壞地闖進我家。見到我，話尚未出口，便像個球場暴躁的選手一般，兩手把小露比高舉過頭，用力朝沙發上摜去。露比在空中至少飛越了五公尺的距離，才「砰」地倒落在彈簧墊上。這可把我看呆了：「怎麼啦！」我吶吶地問。

「怎麼啦！」小陳頭髮倒立，兩手筋脈賁張地握拳向露比揮搖，大聲嚷道：「我把這小畜牲殺了，剮了，再去派出所投案，把一切都毀掉算了。」

事情的原委是這樣的：露比有一個壞習慣，常常獨自孑孓走到公寓的左鄰右舍門口張望，若是有太太過來招呼她，她便一一指示自己的傷口，甚至撩起衣服，展覽身上的潰爛部位給人看。這可憐無告的模樣引起左鄰右舍閒暇無事婦人的大大不平。那一天，太太們商量好一同登門向陳太太興師問罪。她們認為露比一定是養女，而虐待養女是可以召警究辦的，這下可把陳太太氣得發昏。

小陳下班回家後，陳太太已經在打點行李，說是這個家再也待不下去了。除非把露比送到看不見的地方，不然，她立刻要回南部老家去。

「這簡直不是小孩，這是掃帚星，是魔鬼派來破壞我的家庭和我一切努力的——」小陳聲嘶淚下地說：「——我是她爸爸，我要給她一切，給她世界上最好的一個家，為什麼她會變成這樣呢？」

比小陳這樣一個大男人掉眼淚更使我毛骨悚然的是：方才被拋擲在沙發上的小露比自始至終不哭也不鬧，僅舒張著青蛙一般的手足，像電影裡的慢鏡頭一般，在沙發上緩緩爬行著。不一會，她開始專心而反覆地用小手指摳挖沙發靠背的縫隙，像要從黑暗裡掏出什麼珍寶似的。

三

露比表演完〈只要我長大〉的歌曲並且回房之後，小陳夫婦殷勤地招呼我參觀他新屋的擺設——這是他們花了一整個月裝修的結果。

「他呀，最神經病了，什麼都不放心。打房子開始隔間，他就每天開車往工地跑，一根釘子都要盯著工人釘——」陳太太的言語中流露出十分的愛嬌和滿足，親熱地挽著小陳的臂膀：「——就為了這地上的羅馬瓷磚沒鋪平，他幾乎捲起袖子和工人大打出手。後來敲碎重鋪，多花了我們三萬多塊。」

小陳「嘿嘿」傻笑著，臉紅紅地帶我看他親手設計，由客廳到臥房的全套木製家具。「純歐洲風味，」曾因公赴歐洲考察半個月的他很自得地說：「就連吊燈也是義大利式的。」

然而四壁各式的暗櫃抽屜似乎多了些，而陽台、窗戶上密密的鐵柵都使得這三十來坪的公寓略顯得狹窄、沉悶，是美中不足的地方。

趁著陳太太去倒飲料，我好奇地問小陳：「看這些擺設，花了不少錢罷？」

「總共三十多萬。」小陳微瞇起眼，朝天噴了一口煙，淡淡地說：「其實啊，這房子和買汽車的分期付款都還沒付清呢。我早看穿了，能撈上一票就趕緊買置產業，公司是保不定的，那些洋人，誰知道他們會不會拔腳就走呢。這年頭，自己做生意要擔風險，能挖別人的最好。我一做經理，就先借了一大筆錢，到時候他們走他們的，房子汽車我可不會吐出來！」

「你們談什麼錢啊錢的，又作發財夢了啊——」陳太太端著一個精緻的銀盤走來，上面置了三隻水晶高腳杯，琥珀色的飲料中浸著方形冰塊，一路散落出清脆冰塊搖晃敲擊的叮叮聲響。

欣賞著房內溫暖與富足的裝飾，使我們都有點陶然了。端著酒杯，我們來到綠色的房門口。小陳用手指觸壓一下嘴唇，向我神祕地擠了一下眼睛，輕輕扭開房門。他執意要讓我參觀一下他設計的小孩房間。

透著一股未乾透油漆和牛奶混合的異味，跳進我眼簾的，不可思議的是小露比竟懸在暗沉沉的半空中。正確一點說來，她是懸在一個小秋千架上，像在籠中乘著小竹桿兒的金絲雀兒般微微晃動著。

「唉呀，秋千，這秋千也是你設計的？」我驚訝地叫起來。

「當然！」小陳用手比劃著回答：「貼牆雙層有欄桿的小床，利用上層伸出來的木板，打兩個洞，懸下繩子，就做成了一個小秋千，你看妙不妙？」

小陳說著，彷彿要實驗他巧妙的設計給我看似的，順手把小露比推了推，秋千便大大地擺動起來。小露比咯咯地笑了，這是我初次聽到露比的笑聲。

「小露比喜歡秋千是不是？小露比再也不出去野了是不是？小露比要做秋千架

上的小公主是不是？嗯？」小陳俯身向擺盪中的露比說話。

我被這怪誕的景象一時勾引得說不出話來，半晌才問道：「——怎麼要做一個雙架床呢？」

小陳大笑起來，摟住陳太太倚門的肩膊說：「怎麼，你不知道啊，她又有四個月了——」說著他沉默了一下：「——這回，我們可要好好地從小自己教育。」

秋千的擺盪漸漸靜息下來，露比眼裡顯出雲母片一般滯鈍的光，她正試圖把一個手指伸進鼻孔，卻被眼快的陳太太啪的一聲打開了她的手：「不許挖鼻孔。叔叔快回家了，吻叔叔一下，向叔叔說晚安。」

我於是走近秋千架上的小露比，把臉湊向乖馴噘起的小嘴，任那帶著濕潤口水的小嘴給我冰涼的一個剝啄，並且聽她以與剛才唱歌完全不同的蠅細音調說了聲：

「晚安。」

吳李錦鳳的禮拜天

一

彷彿才上床瞌睡了一下功夫，吳李錦鳳就醒了。睜開眼，只見大片陽光從鈎環脫落的窗簾縫隙直撲下來——不論季候變遷，她有擁著棉被睡覺的習慣。吳李錦鳳並且在棉被裡轉側了身子，將身體調整成蛹蟲的姿態。（媽媽，再睡一會兒罷。）

在棉被圍成的、厚實的黑暗裡，錦鳳裝扮出她小女兒一般稚弱的聲音悄悄地安撫自己。（今天是禮拜天，媽媽可以睡到十一點鐘，再燒飯給大家吃。）

錦鳳閉上眼，感覺到體內血脈尚混合了未完全消退鎮靜劑的藥分，像鉛液一樣緩緩地、沉重地在她皮下流動，要把她推蕩向深邃的睡眠。那是在生下么鳳的那一年，吳力行傾全力投資的小型塑膠袋工廠垮了，躺在床上坐月子的錦鳳開始吃鎮靜劑，起初是一粒一粒地吃，到後來成了習慣，每晚不吃兩三粒簡直沒法闔眼。也從那時候起，她有了偏頭痛、腎炎的毛病。

由於鎮靜劑吃得太多，錦鳳精神恍惚所造成的誤失和經常「交通失事」的消息，早已成了她所服務的辦公室裡的笑談了。每當她膝上貼了一方白色撒隆巴斯膠布時，綉彩總會聳動她細淨的眉毛，彎成驚歎的模樣，然後笑吟吟地迎過來問她：

「喂，這回又溜滑梯啦？不然就是跟摩托騎士接吻了。」錦鳳也不以為忤，生活是這樣平淡無趣，即使是自己偶爾不免從二樓樓梯口摔到一樓，或是大意間被摩托車撞青了腿，錦鳳每次也都照例繪聲繪影地將她「死裡逃生」的經歷描述給同事聽。她最津津樂道的是一次撲進警察懷裡的故事：

「那天，一起床看錶，乖乖，已經八點四十五分了。忙撥個電話給綉彩，想叫她幫忙替我簽個到，那個死綉彩偏也還沒到，我只得衝出門去攔計程車。哪知道我鎮靜劑還沒醒透。站在十字街口上，突然間一恍惚，眼前的事物都走了樣。滿街來往紅的、黃的車輛忽然都騰空飛起，人群也像花花綠綠的熱帶魚，腳不點地，忽長忽短地在空中游起泳來了。我自己也不是在走路，而是跟著他們在游泳啦……我正覺得滑稽，看見人行道上游過來三個面貌一般、動作一致的警察，我心裡想：天底下絕不可能有相貌如此相像的人，其中一定有兩個是我的眼花了造成的幻覺，於是我勉力轉了個小彎，向左邊那個面容比較模糊的警察身邊穿過。……你猜怎麼著，我竟面對面撞上了一個真警察。一剎那可把我嚇得清醒過來，哪有什麼三個警察，那個警察也被我嚇了個一大跳……」

錦鳳在棉被裡摀著頭想到那警察的模樣，不由得「嗤——」地笑了起來，笑完以後突然覺得心中悵然。那警察很年輕，大概是剛從警官學校畢業的，昂首闊步，一身挺括的制服。她連帶地記起當她撞到警察懷裡的剎那，年輕警察本能反應地攙扶了她一把，又忙不迭地鬆開手，臉漲得通紅，錦鳳從他轉瞬著驚訝和戒備的眼神裡，讀到了自己狼狽不堪的模樣……

（媽媽，不要想了，再睡一睡罷。）

（睡一大覺醒過來，伸個長長的懶腰，原來妳還是一個可愛可愛的小不點兒，背著手工縫成的小書包，在大好的晴天裡，蹦跳著走過竹籬芭蕉上學去……）

（媽媽，再睡一睡。）

但是，無論如何，不能讓老邱平白地就把四萬塊錢的會這樣地倒了！一個大的吶喊將吳李錦鳳徹底喚醒。她很快地推開棉被，瞪大布滿紅絲的眼睛，壓扁的頭髮危危聳立著，她從床上坐了起來。

吳李錦鳳從床上坐起身來。昨夜她回家是和衣睡的，此刻一身洋裝都皺在身上，完全不成樣子了。伸腳找拖鞋，地上反覆散落著七八隻舊拖鞋，一時卻分辨不出自己的兩隻在哪裡。隨便趿上兩隻花色不一的，她站起來身，走向盥洗室：

「——昨晚在李科長家的客廳裡，擠了十多個人，吵到半夜三點鐘，也吵不出一個結果來……」

床前一張半浸浴在陽光中、堆了換洗衣物的老舊藤編安樂椅上，坐著一個穿著鬆塌汗背心褲的瘦削男子，那是吳李錦鳳結婚十七年的丈夫，正面無表情地聽吳李錦鳳嘮叨的說話。

背上兩片肩胛骨高聳著，吳力行低著頭、噘著嘴，只凝視觀察自己弓踏在藤椅邊緣的右腳，兩手輪次搬弄那彷彿羞怯又畏光的五個潔白腳趾；那樣輕柔地、無限憐惜地一一摩娑著。他並沒有任何和吳李錦鳳搭腔的意思，在這個閒暇的禮拜天早晨，吳力行在藤椅上維持這個姿態想必已有好幾個小時了。

「——平常綉彩吱吱喳喳的，會說話的緊，昨天也氣昏了頭，她一把抓住老邱的襯衫，嚷著說：若是不把會錢吐出來，就要扭他上警察局。旁邊有些人我不認識的，也跟著起鬨。原來老邱這個會頭，仗著大家信任他，竟偷偷做了手腳，借名連標下了六次會，大家都被他矇在鼓裡，你說可惡不可惡……後來李科長說好說歹，要老邱當眾向大家謝罪，老邱跪下來，磕了十來個響頭，但是誰肯饒他？」錦鳳在盥洗室裡描述昨天晚上的事件。

「老邱做一個工友維持一家子也夠苦的了，誰叫你們玩會玩到他頭上，何況又是多少年的老朋友了，犯得上為這麼一點錢……」吳力行的言語像蚊蚋一樣，幽幽地從他細瘦低俯的脖項裡傳出來。

錦鳳立在洗臉檯前，將口裡含著的漱口水「呸」地吐進臉盆裡，狠狠地說：

「你說得倒輕鬆，什麼『這一點錢』，我在外頭揹了大會小會一大堆，每個月東奔西走地補漏洞，老邱的會這一倒，你也替我想想要怎麼過……對了，昨天上午大鳳打電話到公司來，說是暑假裡班上組織了一個野營會，要五百塊錢會費，我叫她向你要，你給了沒有？」

「我哪裡有錢？」吳力行無可奈何地說。

「對啊，誰來付錢？小鼎說今年若是考取建中，要一架身歷聲電唱機，不是你一口答應的嗎？二鳳滿嘴牙齒都是病，早該去修整了，不然將來嫁不出去，我帶她到牙科醫生那兒去看一看，你猜多少——五千塊！就只有讓她拖著罷。還有『美滿新村』的房子，頭款馬上就要付了，你說，誰來付錢？」

吳力行見氣氛不對，仍掙扎出了一句話：「我不早告訴你，房子不必急著買，等退休了，領到退休金再打算。」

錦鳳將身體轉向洞開浴室的門，聲音越發尖厲了：

「退休金，退休金，我已熬得頭上冒煙了呷。吳力行，你若是有一點辦法，你哪裡犯得上為了『一點錢』去和人家拚死拚活。你倒反以為老邱可憐，這年頭，若是他磕幾個頭就能了事，那麼我也同他磕，只要誰肯給我錢去付房子訂金，我可以把頭磕爛給他——」錦鳳眼眶紅了，她說話時，尚殘留著牙膏沫子的齒縫發出嘶嘶吸氣的聲音；拿著一柄濕淋淋的牙刷，她向吳力行頻頻指點：「——今天誰家沒有一幢氣氣派派的房子。就拿李科長家來說，又重新裝修了地毯、壁紙，新的義大利式玻璃吊燈。其實，這對他來說不過是隨便弄弄，你想，人家兩個兒子都送去了美國，隨時這兒一丟，還不是一家子到美國享福去了。只有你，混了多少年，連一間屁的房子都沒弄著。到今天拖著賴著，住在人家家裡，過兩天叔公若是心血來潮，繃著他那張晦氣臉來討房子，倒叫我們一家六口街上睡去，這你才有臉了不是？」

見吳力行被轟炸得不吭氣了，吳李錦鳳才又轉回洗臉檯，撿起脫齒的髮刷，用力梳通纏結的頭髮。剎那間，乾凝隔日的髮膠飛散，頭髮也一綹綹聳立起來，顯露出兩鬢乾枯斑白的髮腳。

對著脫銀鏽爛的半截鏡片，吳李錦鳳將自己端詳了片刻，不想自己才四十一歲就老成這樣子。隱隱約約，她又聽見心中嬌弱又憂悒的聲音：

（媽媽，以前爸爸說你長得像葛蘭一樣美麗哩。）

吳李錦鳳望著鏡中的自己，突然覺得心中充塞滿了恨意，她使力將飛蓬的頭髮一把把梳壓下來，將一腔怒火歸罪到老邱倒會的事上：

「——天下沒有這麼便宜簡單的事，我早已打聽到老邱他老婆在板橋浮洲還開著一間冰果店，我手頭上已經有了地址。他能有本事倒會，難道不怕我坐到他老婆店門口，鬧到她一毛錢的生意都做不成。」

二

二鳳在臥房門口，一手揹在背後，一手支著腰桿，一扭一扭地來回踱步。剛洗過的，她的齊項國中短髮，半濕半乾斜斜披搭在額前，並且用十來根髮夾固定成半圓形的薄片——這是她一貫做頭髮的方式。

她最近為牙齒，不肯笑也不肯講話，緊抿著嘴，眼神陰淒淒的，就格外像個小老太婆了。

「么鳳呢？」走出房門的錦鳳問。

二鳳一跺腳，用眼角斜白了錦鳳一眼，別頭就走。錦鳳最近對她表達深刻恨意的這種姿態，已經很習慣了，望著二鳳的背影說：

「等媽下次領了薪水，就帶妳去修牙齒啊——」

二鳳一陣風般奔進房裡，將門碰關起來。

「作孽相！」錦鳳咒了一句，便從窄窄的通道走向客廳。這是一幢不到三十坪的老式長統條公寓，除了一間臥房臨街，接受嘈吵和陽光之外，後面木板隔間的臥房和客廳都沒有窗戶，即使大白天也得點亮日光燈。

么鳳果然睡倒在客廳沙發上。七歲的么鳳是真正電視時代的兒童，從電視節目預報到電視廣告，無一不看得津津有味，每天非得到十一點鐘電視結束，才睏極睡死在看電視的沙發上。

錦鳳踩過一地散亂的糖紙、花生殼和養樂多的空瓶，湊坐上沙發的邊緣。這張沙發還是錦鳳新婚時買的，現在已稍為傾斜了，皮面上曾經浸過四個嬰兒的尿水，斑斑圈圈寫畫著家庭的歷史。錦鳳俯下身子，吻了么鳳酣睡的面頰，一股濃重的酸酪氣味，錦鳳看見她肥胖的脖項下一圈鉛絲似的汗汙，隨著她的呼吸時隱時現：

「還打鼻鼾哪，這小鬼！」

么鳳的小鼻小嘴在錦鳳的輕觸下，胡亂地動了動。眼睛似睜非睜，從排列得十分純整的、箭也似短直的睫毛下，往錦鳳的臉迷茫地凝望了一回：

「媽媽，我要吃奇異可口果，越吃越想吃、越吃越愛吃……」夢囈似地，么鳳喃喃唸著。這是電視廣告詞，推介一種新上市的夾心餅乾。

「媽媽一會兒給妳煎雞蛋餅做早點，好不好？」錦鳳半摟著么鳳說。

「討厭，討厭啦，我不要雞蛋餅，我要奇異可口果。」么鳳的臉皺起來，兩隻滾圓的小腿向錦鳳的懷裡亂蹭，夢魘似地唉哼，將食指和中指塞進嘴裡，咬嚼著、吸吮著，翻轉一個身，又睡著了。

「好，討厭，討厭，不要雞蛋餅，要奇異可口……」錦鳳笑著模仿么鳳的聲調，捉住了么鳳一對腳脛，輕輕捏弄她的腳踵，感覺到了強烈的親愛。今天在家裡，么鳳是唯一還可以撫抱的孩子：「……媽一定替妳買奇異可口果，等媽有了錢，還替妳買一架鋼琴……」

（媽媽，妳看見那座又黑又亮的大鋼琴嗎？在美滿新村的歐洲式套房裡，它放在落地玻璃窗前看起來多漂亮……媽媽，妳閉上眼睛，我要為妳彈一首好好聽的歌。）

踢踢踏踏一陣拖鞋響，吳力行端著盛滿待洗衫褲的臉盆，像夢遊人一樣直穿過客廳，向廚房後面的曬衣台走過去。望著他瘦削、寂寞的背影，錦鳳心中一動；也該給他補一補了。

同時，錦鳳也聽見小鼎在後房以平板的聲音背誦英文單字的聲音。

從菜市場買完菜，提進廚房，錦鳳仍聽見小鼎繼續以同樣的聲調背誦英文單字。歷年來，小鼎在學校的成績總維持在前三名之內。最近小鼎就要考高中了，幾乎每晚都要溫習功課到兩三點，早晨也是微明即起。自從他升上國中三年級，他就鄭重向全家聲明：「若考不取建中，其他的學校是絕對不讀的。」也從那時起，他不再和家人共桌吃飯，為了怕耽誤讀書時間，每頓飯都端到書房去吃。

比起幾個迷迷糊糊的姊妹，錦鳳對小鼎自動自發的用功態度，一向存著某種神祕不可侵犯的敬畏感。在辦公室裡，錦鳳自然也經常對同事以憂愁又驕傲的語調，將自己兒子的凌雲壯志和特立獨行的姿態複述了又複述，最後的結論免不了要說：「——唉？我們做父母的在這個情形下，總也不能委屈了孩子，再怎麼苦，將來好歹要把他送出國去。」話頭這麼說，錦鳳總覺得捉摸不清，作夢也想不到自己竟會生出這麼一個出類拔萃的兒子。

在廚房把蔬菜一件件解開後，才發覺洗滌池裡浸著油汪汪一大堆骯髒碗碟。

「昨天的碗筷，大鳳一雙也沒洗，在這家裡，到底要誰侍候誰啊！」錦鳳嚷了起來。在家庭分工中，洗碗一向是大鳳分內的事。

錦鳳看見小鼎從書房窗口抬起頭來，深度近視眼鏡片上的圈圈裡彷彿醞釀著笑意，他說：

「姊姊叫我告訴你，她搭早晨七點半火車，和同學一道去溪頭啦。」

「力行，你不是說沒給大鳳錢嗎？」錦鳳對廚房後曬衣台上洗衣服的吳力行責問。吳力行停下了在盆裡攪肥皂的工作，張惶疑惑地抬頭向廚房內窺望一下，臉上兀自沾著一片雪花似的皂沫。

「是我借錢給姊姊的——」小鼎說：「我從郵局摺子裡提了五百塊錢。」

小鼎是家中唯一有私房儲蓄的人。無論是年節壓歲、學校的獎學金、爸媽給的零用，甚至通學日每天二十元的飯錢，他也能省下一半儲進郵局裡。錦鳳於是拽起一塊浸在水裡的、絲絲縷縷的油爛抹布，清洗起碗盤來了。向著兒子和老子，錦鳳轉怒為笑，有點巴結意味地說起話來：

「我差點忘了小鼎才是我們家的富翁啦，你現在有多少啦，什麼時候借給媽花用——」

「姊姊可是答應出五分利的。」小鼎大模大樣地回答。

「小鬼！」錦鳳笑罵著回過頭，拎起手中濕淋淋的抹布，作勢要攢到小鼎頭上：「媽媽要用你的錢，你還敢心痛啊。」

小鼎放下英文單字本，將眼鏡沿鼻梁向上一推，倒反站起身，搖搖晃晃地向廚房走來：

「——聽說媽被人倒了會不是？」

整日耽在書房的小鼎，就像是家裡供奉在陰暗角落的神明，凡是家中發生的一切事務，無論鉅細，總沒有不知道的。每當小鼎用這樣淡然的語氣一發問，錦鳳總是心中一顫，不知兒子又有什麼主意。

「去到人家店裡吵鬧出洋相是沒有用的——」小鼎來到錦鳳面前，慢條斯理地說話。錦鳳半睋起眼，望著這個最近飛快拔高的兒子，那戴著深度近視眼鏡的背後，有一些她完全不瞭解的奇異變遷。小鼎繼續說：「我認為媽倒是該早些去打聽一下，看他的店面值多少錢。電冰箱也好，電視機也好，能搬的就搬，就算搬些西瓜汽水回來，也總比什麼都沒有開心啊。要搬就要趁早，晚了說不定早被人搬得一空，就什麼也撈不著了。這就叫作啊——『先下手為強，後下手遭殃』、『人不為財，天誅地滅』。」

小鼎以他未成熟的男性嗓音，說了這麼一大段有教訓意味的話，有說不出的滑稽和不協調，錦鳳有點手足無措地笑了，向廚房窗外的吳力行半開玩笑地說：

「力行，聽見了沒有，虧你還是個老子，自己家裡吃了虧連個主意也拿不出，比小鼎還不如。」

錦鳳看見力行坐在灰泥剝落陽台角落，一張竹頭小板凳上，兩手插在洗衣盆的汙水裡。聽見錦鳳的話，尷尬地輕笑了一聲，便又倒豎著未梳齊的薄薄頭髮，埋首翻弄起盆裡的汙衣來了。

襯疊在都市灰藍的天空下，無數零亂綿延的住屋風景前，吳力行洗衣的姿態，電光石光般，剎那觸印上錦鳳的心裡。錦鳳一怔忡，想要尋出話來岔開這不明所以襲來的滯悶，卻發現小鼎早已回到房中，繼續朗朗誦念他的英文單字了。

錦鳳一人在廚房裡，洗完了昨日的碗盤，順手抓開洗滌池邊的砧板，幾隻肥大的蟑螂窸窣竄爬著，像是要逃走卻又反覆顛倒上下舞弄著鬚足。（媽媽，他們究竟明不明白妳是多麼愛他們，要把他們一個個擁在懷裡……）錦鳳撈起了一只飯杓，朝砧板上一隻蟑螂用力敲下去。蟑螂的肚腹爆裂開，迸出灰白的油漿。已扁成梅干那樣的身體，仍拖著黏汁向前掙命……一定得去把四萬塊會錢從老邱那兒擠出來，無論如何，小鼎的身歷聲電唱機，二鳳的牙齒，美滿新村房屋的定錢……錦鳳又狠狠在蟑螂頭上敲了一記，蟑螂死在砧板上。

三

吳李錦鳳上了往浮洲的公車，在熙攘的乘客中擠到了靠窗口的一席座位。在出門前，她是經過仔細化妝的，頭髮刮鬆，兩片大波浪遮住了斑白的鬢角，豔紅的蜜司佛陀嘴唇在敷了粉的團團臉上，顯得很突出。短袖兩截式的府綢洋裝，也精精神神的。吳李錦鳳齊並了膝蓋，將她的小腿很努力地向座位下縮起，這樣就沒有人會看到她腿肚上的靜脈瘤了。外出的錦鳳，對自己的相貌永遠有兵士一般嚴格的自我要求，以此刻錦鳳的外貌，誰敢說她不是一個幹練的職業婦女呢？

然而這也是情勢所迫。近些年來，她總習慣了濃妝上班，為的公司裡新招的女職員，個個學歷高，辦事能力強，年紀又輕。在這動輒有裁員危機的年間，她不得不全力以赴，絕不容許自己顯老。

記得十九歲初進公司時，誰不讚錦鳳相貌好，手腳敏捷，經理也說將來必要重用她。日子久了，坐在靠資料櫃的背光角落，一晃二十年，作夢一樣重複著打字結帳的工作，打字機都磨壞了三四架，人還能不磨出毛病來嗎？她越來越常在結帳時錯誤百出了。虧得她經驗老到，閉上眼也摸得透那套簡單公式，幾次都在上面來查帳前預先發現了帳上的漏洞。饒是這樣，也三番五次在同事下了班以後，向老邱借了辦公室鑰匙，偷偷地翻改帳簿，直到半夜。說實在的，老邱還真幫了不少忙。

還記得有一次，為了翌日的查帳，她獨自坐在空盪盪的、千瘡百孔的辦公室裡，一盞案燈燒烤下，她心慌意亂地猛翻帳簿，只覺得無邊無涯的阿拉伯數字排山倒海而來。每到這個時刻，錦鳳只想潑辣地放聲大哭一場。那一天，老邱不知怎地還沒回家，從黑暗的角落端出一杯茶來，對錦鳳說：「——慢慢地查，別急，喝杯茶定定神，沒什麼大不了的。」

誰想到他竟會在離職前向大家耍上「倒會」這一招呢？

剛進公司時，就認識工友老邱了。不滿三十，沒有結婚，一張國字臉忠忠厚厚的；那時他的職責是坐在走廊上看腳踏車。老邱平常不太多話，手裡總拿著一本什麼《羅通掃北》、《七俠五義》之類的廉價小說，見到同事出入便憨憨地點頭微笑。後來有一次竟發現他椅子上覆著一本《情書大全》，大家就轟談起老邱在戀愛的傳聞了。果然，不出一個月，辦公室就接到了老邱的紅帖子。

那時候，錦鳳和力行也還沒結婚，但情感已到緊鑼密鼓的階段了。他們一同參加老邱「滿福樓」的婚禮，在粗陋但豐足的幾桌酒席上，同事的笑鬧聲十足壓倒了女方的親朋。堂上燃點著明晃晃的雙喜霓虹燈，老邱仍是那樣笑著向大家一一點頭，牽出了頭戴粉紅色緞帶花的新娘。只記得老邱那嬌小的新娘額上畫了兩道當時最流行的關刀眉，低著頭，嘴一噘一噘的，不知是想哭還是想笑。吳力行和錦鳳當時並排坐在酒席桌邊，吳力行伸手在大紅桌巾腳下偷偷地捏住了她的手心，乘著熱騰騰的菜香酒意，在眾語喧譁中悄悄地咬住錦鳳耳朵說了幾句話，羞得錦鳳想罵他也不是，想打他也不是。

（媽媽，妳才是最美、最美的新娘……）

（媽媽，我們會有幸福美滿的生活……）

行駛了十幾分鐘後，車內蒸發著燠熱的乘客的氣息，這使得錦鳳出門時嚴整的化妝鬆懈了。她約略感覺到不斷滲出的油汗有點弄糊了她臉上的粉底。口紅似乎也該補一補了。然而腰脅隨著車子的震動，開始隱隱作痛，使她無心調整面容。（媽媽，妳的腎又要翻了嗎？）錦鳳半張著嘴、喘息著，甚至渴睡起來了。（媽媽，再睡一會兒罷。）

二十年生活在那樣一間擠擁不堪的辦公室裡，四十多張桌子排成六個長統條，椅子稍往後一靠，就和後面的同事貼了背。特別是到了下午時分，不太通風的辦公室屋頂便氤氳凝結了一重香菸昇騰造成的雲氣，重濁得令人昏睡。每當錦鳳瞌睡得受不住時，只有往廁所裡溜，能夠掩了門，坐在馬桶蓋上打個盹，也是好的。偏就有那綉彩最是口頭刻薄，錦鳳一離座位，綉彩就歪弔著削薄的嘴唇說：「噯噯，別一蹲又是老半天。」錦鳳一次恨得牙癢癢地回了她一句：「妳娘月經來了也要妳管。」後來錦鳳再上廁所時，綉彩就改口了，說：「嘖，嘖，那個又來了。」引得那班新來的小姐咭咭笑。人，就在這辦公室裡熬得壞爛下去，無非是想熬出那筆說多不多，說少不少的退休金。

「其實，那點退休金在有錢人眼裡看來算得什麼呢？」綉彩經常坐在辦公桌前，面對著桌上襯藍布的玻璃板，用小眉毛鉗一根一根地拔她幾乎已經沒有了的眉毛，並且大發高論：「——做牛做馬半輩子，還抵不上白嘉莉隨便唱上幾首歌的價錢哪。要是當初肯狠一狠心，辭掉這份差事……」綉彩白慘慘的臉上，眼波一轉，和大家一起笑了起來：「……說不定我早已洋房汽車都有了哩。」

在辦公室裡，閒來無事的時分，同事們三五私語，就像牢獄裡的犯人計畫越獄似的，總不外在談論某人如何有錢，如何如何又是發財的捷徑等等。早些年，錦鳳不但熱烈地參加討論，並且也像雷達網一樣切切地收集著這個社會的傳奇資料，隨時準備投身加入。

八年前，錦鳳曾經買回家四、五十個鐵絲籠子，在一股養鳥熱潮中，很賣力地養起十姊妹來。那是一次可怕的失敗經驗，使得錦鳳以後上街時，每經過鳥店都犯噁心——那上千隻吱喳跳躍的小東西是那樣地在公寓房中、陽台上嘈鬧著、吃著、拉著，然後呆呆地發黃、掉落、死去。

然而這樣的經驗並沒有使錦鳳的發財夢想破滅，她仍時刻試圖在生活周遭發現任何可能的轉機。最後的一次失敗，便是她鼓勵吳力行全力投資的塑膠袋事業。當小工廠的機器才開始轉動未久，就遇上了世界性的能源危機，在摧枯拉朽各行各業的倒閉風潮裡，那小型的塑膠袋廠幾乎是無疾而終。

「空通」一聲，車子剛走上了華江大橋時，車裡所有的乘客都震動了一下，紛紛重新調整姿態。錦鳳也從半睡半醒的情況下，驟然坐直起身來。

帶著些微爛泥腥味的風吹蓬了錦鳳的頭髮。她向窗外望，只見斷斷連連的河灘淺渚，零星散落在大片流動的風景中，像一群蟑螂般，要竄爬向灰蒼蒼的天邊。

一定得把四萬塊會錢要回來。錦鳳收回視線，打起精神，這麼想著，同時從袋裡掏出粉盒來，往臉上補粉。

車後幾個要下車的乘客從過道上掙扎向前擠，引得許多原本站立著的乘客也往車前挪動了身體。錦鳳闔起粉鏡，驟然在眾多乘客的縫隙中，瞥見一張熟悉的白臉，錦鳳再探望一下，不由得驚訝地叫了一聲：

「綉彩……」

綉彩坐在車廂對面，聞聲即刻回過頭來，兩眼張皇地逡巡。因為車上多人，一時並沒有看到錦鳳。錦鳳頓時心中紅燈一閃，很驚覺地噤住了口。

車輛駛過華江大橋，在橋頭車站停煞住，在五六乘客下車的空檔中，兩人清清楚楚打了照面。乘著綉彩才驚奇地張開口，錦鳳已笑吟吟地說話了：

「喂，綉彩，真巧啊，妳往哪兒去？」

「我——咳——我——」從來沒看到綉彩這樣口齒不清過，她嘴張了又合，說道：「——到江子翠看一個朋友。」

「難怪妳今天打扮得這麼年輕。」錦鳳端詳綉彩穿了一身套頭印花棉布洋裝，腳穿一雙平底膠鞋，頭髮亂蓬蓬的，倒像是郊遊遠足歸來的學生打扮，故意取笑地說。

綉彩扯了扯裙角，坐正身子，有點尷尬地笑了：「去妳的，吃起我的豆腐來了——」說著細眉毛一揚，湊身向前熱絡地問：「錦鳳，妳上板橋啊？」

「是這樣的，我家那個二鳳老是在學校出問題，這回我特地到板橋去拜望她的導師……」扯了一個天衣無縫的謊，看著江子翠車站到了，錦鳳很自然地提醒她一句：「妳該下車了。」

綉彩說：「噯，是要下車了。」在顛動的車廂中，她蹣跚走到車門前，臨下車前還向錦鳳揮了揮手。

錦鳳從車窗口和綉彩打招呼，看著綉彩行走在公車揚起的塵灰中，尾隨的幾輛車風馳電掣地剎那切斷了綉彩細小的身影，錦鳳突然想起了小鼎的話：「人不為財，天誅地滅。」於是錦鳳坐挺腰脊，伸手攏了攏頭髮。

四

錦鳳實在沒有想到浮洲是那樣破敗的地方，車站旁幾間小店，販賣著疲爛的蔬果，除了一條公路外，只有通向田野和零亂住屋的泥路。錦鳳來回找了一遭，找不到老邱冰果店地址上的街名。瞥見一個邋遢婦人在半生鏽的幫浦前面打水，錦鳳趨身向前問路：

「——請問大興路四十六號往哪裡走？」

婦人停下了打水，面無表情地望著錦鳳。一輛空盪盪的公車轟然駛過，激起滿天塵灰，像是要開往天涯海角去似的。婦人瞇起眼，向馬路斜對過的巷子呶了呶嘴，算是一種答覆。

然而錦鳳一直走到那低窄的巷底，門牌才不過二十號。巷子盡頭是一片灰漠漠的蘆筍田，隔著田地不遠，對面又有幾排散亂的房屋，錦鳳於是咬咬牙，大步踩過種蘆筍的濕軟沙地，走了過去。

處處堆積著零亂未完成的膠鞋鞋幫和各式鏽鐵工具，這兒家家戶戶像是都在做著某些家庭工藝，有些人在屋簷下裝配些電器零件，也有婦孺小孩圍著浸泡著蠶豆的大木盆，嬉笑著揀豆子。

房屋失去了號碼，錦鳳瞎闖進一個橫巷裡，經過豬寮、農舍和一幢完全用報廢建材搭成的古怪屋舍，她竟來到了一道黑油油的小河邊。那河已不能算河，而是積滿了垃圾的蜿蜒地帶，一輛有「臺北」標幟的大型卡車，仆高傾斜的車後座中，廢物泥灰半倒落著，卻不知為什麼停死在那兒，看起來格外荒涼。

錦鳳掩著鼻，轉身躲過那蓊鬱的臭氣，又往屋群的那一頭找去，錦鳳甚至有些惶惑起來了。（媽媽，這不是遇見「鬼打牆」罷……）

終於在一間沒有招牌的狹小冰果室門口，錦鳳猜猜疑疑地停駐了腳步。

天色已經近黃昏了，一抹斜暉透映在店門口裝著紅綠冰水的玻璃缸中，幾隻蒼蠅盤行在一盆仙草的黑色方型凝塊上，骯髒的玻璃櫥內擺設著各色蜜果、香菸和安賜百樂瓶子。

「要喝什麼嗎？楊桃？檸檬？」一個看起來比么鳳大不了多少的女孩穿著木屐，從店裡迎了出來。她耷拉著眼皮，踮高了腳跟，習慣地伸手在玻璃缸裡探撈一只盛冰水的塑膠杯子。

「小妹妹，這兒是大興路四十六號嗎？」錦鳳放軟了聲音問。

「是。」女孩子順口回答了以後，突然警戒地抬起眼來望錦鳳，黧黑平板的面容上，一雙吊梢眼閃閃地。

「邱滿貴住這兒嗎？」錦鳳的聲調更溫柔了。

塑膠杯子掉回綠色的冰水中，幾片檸檬搖盪起來。小女孩突然垂下眼皮，手按住桌角的一塊抹布，慢吞吞地拭擦起桌子來了，半晌才聽到她細聲細氣低俯著頭回答：「沒有啦。」

蒼蠅嗡嗡叫著，日頭更斜了，錦鳳站在站門口，一雙泥汙的鞋彷彿沉重地黏牢在泥灰地上，動彈不得。錦鳳比先前在車上格外感覺到腰脅下銳利的痛楚，她挺直了背脊，咬住下唇，不讓自己的疲倦和火氣一併爆發起來。

老邱啊老邱，錦鳳我可不是傻子。

她挽緊皮包向店內跨進了一步，仔仔細細上下瀏覽了一通這爿店。兩張骯髒的桌子貼牆放著，桌上有吃剩的西瓜皮。牆角一台半舊的大型冰箱，上面貼滿各色飲料的廣告。錦鳳一扭頭，快步向店內走去。

「喂，妳這個人怎麼搞的嚒？」小女孩的聲音尖銳地響起來。錦鳳看見小女孩提著抹布奔上前來，又退縮了兩步，歪著頭像生怕錦鳳會打她似地孑孓徬徨著。

「邱滿貴是妳爸爸嗎？」錦鳳站在一面貼了美女日曆的三夾板拉門前擺出笑臉問她：「他是不是就住在裡面？」

「媽媽生病……我們沒錢，爸爸說……」女孩子支支吾吾地，望著兩手間擠弄的一團抹布說話，水一滴滴從布間滴下。這是說些什麼話？錦鳳覺得自己滿面的笑容發僵，嘴唇都黏在牙齦上放不下來。

「哦哦——」錦鳳敷衍著，卻反過身來，拉動了三夾板的門。任憑誰也不能搶走小鼎考取建中的樂趣，二鳳的笑容，么鳳的鋼琴和居住到美滿新村的權利……

「老邱，老邱……」錦鳳忍不住嚷了起來。房內是闃黑而且蘊含著腐爛水果酸甜氣息的，等她略為習慣了房內的光度，她第一個看見的，不是老邱，而是竹床上仰天躺著一個胖大婦人。那婦人似乎要試圖努力地轉過頭，卻只斜白了眼角，怔怔地向錦鳳望過來。因為這樣的掙扎，她的胸凵劇烈地起伏著，然而四肢依舊平直得像一具死屍。

「這是……」錦鳳話說一半便噤住了口，這會是多少年前喜宴上那位嬌小楚楚的新娘嗎？那床上的女人張開口，似乎要向錦鳳說話，卻「合合合……」地嗆咳起來，像大堆的痰湧集在胸口，吞吐不得。

許是剛才尋冰果室路走多了，此刻錦鳳望著陰暗角落處床上咳嗆聳動的女人，只覺得頭腦裡一片模糊，腳也軟了，她身不由主地按著一張凳子坐下。

分明是老邱走過來了，錦鳳也不覺得像平日看見的老邱。他的顴骨彷彿在一夜間長高了，油油地紅亮著；眼皮也腫了，見到錦鳳時，眉毛一挑一挑地，倒好像有一種抑壓不住的愉快，錦鳳聞到沖鼻的酒氣。兩人對望了一刻好像一時分辨不出對面究竟是傀儡還是真人似的。

「李小姐——」老邱說話了。自從錦鳳結婚以後，辦公室裡的同事大多改了稱呼，只有老邱仍沿老習慣，稱她為「李小姐」，此刻聽來，卻有說不出的刺耳：「李小姐，您來了……阿蘭，去端杯汽水來……」

原來畏葸在門口探望，不敢進來的小女孩，像幽靈一樣地閃開不見了。老邱走到床邊，把女人扶坐起來，用枕頭墊住了背，又輕拍女人的肩膊。女人的嗆咳漸漸停止了，頭軟軟地向後仰著，張著口急促喘息，從蓬鬆亂髮間，她又開始試圖向錦鳳望，只是轉不過頭來。

「來，我和你介紹，這就是我常和妳提起的李小姐。」老邱幫助女人別轉過頭，對她說話。

「邱太太是……」錦鳳從椅子上欠起身來，詢問道。

「她兩年中風了三次，最後一回差點丟了命，現在只有這麼躺著。」老邱一面解釋，一面又將女人扶躺下去。

「老邱，我特地從台北來和你商量會錢……」錦鳳想理直氣壯地點到正題，卻發覺自己聲音又啞又低，兩腿麻脹，腰部火灼一樣地燒痛。不知怎地，話鋒一轉，錦鳳竟聽到自己這麼說起來了，「……沒辦法呀，人活著就是要受這些折磨，我也是身體總不好，夜夜不吃鎮靜劑就心煩得睡不著覺，弄得我肝腎都出了毛病，經常頭裡都是恍恍惚惚的……」錦鳳說著說著，竟一時收不住話了。（媽媽，妳怎麼了，妳怎麼老遠跑到這裡跟人家訴起苦來？）

「老邱，開盞燈好不好，房間裡太暗了——」錦鳳說。

老邱本來微笑著聆聽錦鳳說話，從床上站起身來，向屋子正中電燈走去。錦鳳再度聞著了他一身的酒氣。

「……本來四萬塊錢也算不了什麼——」錦鳳有點結巴地說：「——可是我下個月必須付新房定錢。老邱，你是最明白的，我們這些做低級公務員的，外表看起來體體面面，其實連一片瓦也沒有，你還至少有一面店……」

「店面是違章的，保不了多久遲早要拆——」老邱的語氣中有一份奇異的輕快，像是在談別家不相干的事，他說：「——昨天晚上綉彩在李科長家嚷著要拉我上警察局，其實我一毛錢都沒有，坐牢也擠不出錢來。後來綉彩又把我拉到一邊，問我可有什麼東西可以抵她的會錢，我就告訴她，只有店裡的一台電冰箱……」

錦鳳驟然從椅子上立起身來，嗓門也大了：「你怎麼可以……會又不是倒了綉彩一個人的……」

日光燈亮了，在閃閃的燈管照耀下，那個女人枕藉著散落的被褥，又大聲咳嗽起來，這會兒的聲音更大了，倒像是在仰天大笑。錦鳳看見老邱吃力地彎曲了高大的肩背，呵慰那在床上蠕動的女人。

其實，錦鳳老早也聽同事談起老邱太太生病的事，只是從來沒想到會如此真迫地來到眼前。彷彿瞪視一幅夢中的圖畫，錦鳳目不轉睛地望著老邱輕輕撫拍那仰臥如山的婦人。一種奇異、溫柔，完全不像老邱的聲音，從他微微搖晃的背影後傳送出來：

「媽媽，再睡一睡，再睡一睡……」

錦鳳的眼淚突然衝上了眼眶。不明所以地，她打開了皮包，兩手不太聽使喚地、急促地翻找著，找出了一疊用橡皮筋紮得緊緊的一小束百元鈔票。拿著鈔票，錦鳳楞了一會，又把鈔票推進袋底。取手帕拭了拭臉，才發覺自己在小房間裡悶得一頭大汗。

小女孩端了杯發泡的汽水出來，錦鳳沒有接，努力擺出一個笑臉說：「不早了，我該回去了。」

「爸爸，李小姐走了。」

「李小姐，不再坐一下啊——」

店外天色竟然已經完全暗了下來。急急走出來的錦鳳站在店門口，一時不知身處何地。猶豫間，依稀看見黑黝黝的巷子裡，走來一個削瘦的女人身影，彷彿是在躲避地上的泥水，歪歪斜斜地靠著低矮的屋簷走路。錦鳳直覺地背轉身來，那人似乎也望見店口的錦鳳，停頓了一下，又繼續向前走。

轉過身來的錦鳳，面對迎出店來的老邱、小女孩，頭突然變成一片空白，她完全無意識地說：

「……不坐了，家裡大鳳去參加野營，我得……」

忍不住再看一眼那已經走近了的女人，果然是綉彩，正尷尬地衝著錦鳳笑著：

「噯，錦鳳，妳不是上板橋看老師的嗎？妳也順路來了，巧遇，真是巧遇……」繡彩的兩道細眉彎成驚嘆的弧度。

頭腦裡「轟」地一聲，錦鳳彷彿正像那一日早上，鎮靜劑未退，上街撞到警察的經驗一樣。繡彩的眉毛剎時高高低低，化成千百重疊影，向她撲來。

惡靈附身一般，錦鳳心中瞬間充滿了毒恨，那恨意甚至要從四肢，從頭髮的末梢變成火噴射出來：

「那個，就是那個——」錦鳳用幾近發狂的手勢，頻頻指點那小店角落的舊冰箱：「是我的，我先要了。」

沒有多看他們一眼，錦鳳飛快地從小店門口跑開了。

錦鳳奔跑著，覺得奔跑的不是自己。又似乎覺得自己還站在店門口，正在和繡彩、老邱、阿蘭很和氣地握手言歡。錦鳳還自向老邱笑著說：

「你看，那是一個瘋女人，那樣地跑著成什麼體統啊！」

繡彩聽了也微笑點頭，說：「噯噯，真是……明天我一定要到辦公室去說給大家聽。」

錦鳳想到這裡，不由得格格笑了出來。

錦鳳起初覺得風從髮梢掠過，如騰雲駕霧一般。然而一個踉蹌，她絆倒了滿盛廢物的簍子，嘩啷啷許多廢鐵罐滾出來。然後她幾幾乎撞上一個聳立在黑暗中的龐然巨影，是一輛停放著的大卡車。

（媽媽，我們跑得多開心，讓我們再繼續跑……）

在堆滿垃圾的河邊，歷歷離離的是丟棄的塑膠拖鞋、破碎的各色衣物、朽爛的海棉墊褥、殘斷的家具遺骸……這些虛虛實實的物件牽緩了她的動作。然而錦鳳的神經依舊亢奮著，她看見在黝暗的河流彼岸，從遙遠的都市裡亮起紫紅的光網，在這禮拜天的夜晚，洞照了半邊天色。她看見新起的都市大廈群排結著，在她移動的目光中，像一列燈火通明、在夜晚中即將緩緩駛動的火車。

（媽媽，要趕快了，妳看那兒有一扇特別明亮的窗子，正在向妳招呼上去。）

高一腳、低一腳行走垃圾堆上的錦鳳，面容彷彿倒懸著似的仰望那夜晚都市遙遠的華光，她並且竭力伸長了她的臂膊。

（媽媽一定得趕上這班車，一定要！）

病

圍一圈潔白的毛巾，亞男的臉浮現在巨大、明亮的鏡片上。她抑制不住興奮和焦急，催促道：「快一點，快一點嘛！我得趕時間。」

美容小姐笑迷迷地端著銀盤子，用一柄細毛刷，沾了銀盤上小瓶裡的藥水，一撮撮刷上亞男的頭髮，口裡漫聲應道：「李太太，你瞧，這下子就變了，起碼年輕十歲。」

可不是變了嗎？亞男坐在美容院的高腳沙發上，看見自己枯敗蒼黃的頭髮，像變魔術一樣，逐漸轉灰、變黑並且發出烏亮的光澤。

頂著新染好、做得十分體面的頭髮走出美容院，她興奮得頭腦都有點糊塗了。好一回，她才想清楚：是趕著送大兒子新新去美國啊！亞男輕快地登上公寓階梯，推開大門，探頭親熱地叫一聲：志超，我都準備好了。

她的丈夫志超果然坐在茶几旁等著。志超看起來好年輕，簡直有點像電視連續劇裡的楚香帥鄭少秋。志超望見她，忽然跳起身，跺著腳說：「你看你？你看你！把頭整成這樣！還有什麼臉去參加新新的婚禮。」

婚禮？新新不是要出國嗎？怎麼會是婚禮呢？亞男頭裡爆炸似的轟然一響，耳朵聽到嗚嗚的聲音。

忽遠忽近地、那嗚嗚的聲音像誰在哭，又像飛機起飛。男人半挽半拖，曳拉了她衝出門去，腳不沾地的往前奔。亞男扭頭回看，拉著她的不是志超，原來是阿爹啊！阿爹穿了陰丹士林藍布大褂，一邊跑，一邊伸長脖子大聲嚷：「新時代到了，我們要乘噴射機去參加婚禮！」

早已死掉的阿爹，緊拉著亞男，向空曠、荒涼的飛機場直奔。她害怕得哭了起來：「我不去，我不去參加婚禮。你別拉我……」

幸虧這時候，她新做的頭髮變得又大又重，像烏黑的大鐵鍋般罩下來，遮斷了一切。婚禮、噴射機、飄拂的長袍、冷淡不屑的眼睛能夠躲起來就好了，不要怕，亞男，不怕，能夠躲起來就好了。亞男深深蜷縮進自己黑暗的大頭裡，哭泣著對自己說。

「啾啾啾……」門鈴大聲而連續地響著，打斷了亞男的夢和午睡。

驀然驚醒，她一時不知自己身處何地。夢像薄煙在午後的門鈴聲中震顫、飄逸。她咂咂乾澀的口唇，這是她好不容易請了假，在家中養病的時間啊。亞男想。

作孽的！是誰按門鈴呢？她怔怔地從沙發坐起身，覺得頭重如斗，想睜眼，眼皮卻腫得厲害，只勉強睜開一道細縫。亞男的視線，剛夠看見自己踏在鼠皮色塑膠地磚的腳背。

也還不到放學時間罷？她像盲人般昂高脖子，想看看壁上掛鐘，可是窗口日影蒼蒼，眼前影翳幻飛，什麼也看不清。

老大正和女朋友打得火熱，照理不會早回來。老二在學校模擬考試，還要補習。再不就是老么忘了帶大門鑰匙。

她咬咬牙，從沙發慢慢浮騰起身體，頂起沉重的頭，有如太空人月球漫步，轉過客廳擁擠、七零八落的家具。「啾啾啾」門鈴又響了。

急什麼急！老媽的頭病著呢。老媽的頭若是炸了，誰給你開門？

打開油漆斑剝的大門，又推開生鏽的鐵門。亞男沒料到她看見的，是一雙纖纖秀秀，著銀灰色高跟鞋的腳。只見這雙腳，恰似踩踏上毒蛇尾巴，忽地痙攣，向後直蹦了一步。

亞男抬高頭，才讓一線目光看清門外的對象。原來是辦公室裡的楊素心。不知怎的楊小姐高顴骨上的胭紅，彷彿因意外而嚇成了桑椹般的紫黑色，眼角的眼膏也分外泛青了。她瞪大眼吶吶道：「大姐——我特地來看你——哎呀！我簡直認不出——你怎麼——嚇嚇嚇嚇……」

這樣一位學問又好、又伶俐、又摩登的楊小姐，居然以掩口駭笑作為探病的問候，真也未免太不合宜了罷！亞男手撐鐵門，昂首冷然直瞪楊小姐，直瞪到她把笑聲噎回喉頭，露出一臉尷尬。

「請進來坐，」亞男說：「你如果去年看過我發病，就不會那麼緊張了（真無聊！不知跑來存的是什麼心）。」

亞男說著，繃緊的臉想裝出一份微笑。可是，肌肉才牽動，她馬上感覺到兩頰如同發麵團般的腫脹。

這副面孔，也難怪別人看了驚跳。記得去年剛鬧這毛病，她由醫院回家，驀然在鏡中看到自己的臉，藥水浸濕的頭髮，癟癟的直披下來，臉龐卻像吹汽球一樣膨大，把鼻子、眼睛、嘴都擠小了，皮膚灰蒼蒼，毛孔裡滲出黃水珠……乍然看到這張臉，真以為是什麼前來索命的冤死鬼呢。這就是：人嚇人，嚇死人罷！

「沒力氣收拾，亂得不成樣子，你別見笑。」亞男用腳胡亂撥開地上散置的球鞋、拖鞋，順手把一支吉他拾靠牆角，又把長沙發上的舊毛巾被隨便推開。橫豎家裡平常也就是這副邋遢模樣，亞男顧不得許多，招呼楊小姐坐下。

楊小姐心神不寧的坐下來，用憂心忡忡的目光探測亞男的頭臉。半晌，才細聲細氣問道：「好些了嗎？又是染髮劑出的問題嗎？真是，怎麼搞的嘛？」

嘿！居然跑來看我的好戲。亞男從發腫的細眼縫中掃描楊小姐一身嶄新時髦的裝束。別裝模作樣了，快三十的老處女，身穿法國名牌標籤的衣裳到處招搖。其實，還不都是公館那邊的地攤貨，辦公室裡誰不知道？亞男沒有回話，別過頭去，自暴自棄地想：這病倒病得好，像戴上大面具，再也不必裝臉色給人看。

她慢吞吞站起身去泡茶。可是，熱水瓶裡沒水。

「大姐，大姐，你病著，你千萬別忙。」楊小姐像彈簧人般跳起來，跟著亞男身後轉，哀婉地說：「我坐坐就走，坐坐就走。」

「天氣這麼熱，我記得冰箱裡有西瓜。」亞男固執又堅決，不顧楊小姐抗議，把超人號冰箱門拉開。一陣蓊鬱的菜肉氣味撲面而出。

冰箱裡，由頂層而下，塞滿各式烹煮及未熟的菜蔬。這是標準職業婦女家庭電冰箱。以前，亞男總是三兩天買一次菜。這次生病，難得，志超上了菜市。君子遠庖廚，他一向是最討厭菜市的，這回大概見什麼買什麼，一口氣把冰箱全塞滿了，省得再麻煩。反正，家裡三個男孩子胃口奇大，亞男估計這些菜沒爛壞前，通通也都會填進人肚皮裡去的。

病著，飯菜還得爬起來燒呢。亞男原有一手燒菜的好手藝。阿爹在世的時候，就算燒個蘿蔔白菜，也有一定的刀法煮法。這大概是遵從孔老夫子的遺訓罷，肉不正，不食。菜肴不鮮潔，不食。如今，她抓到什麼便煮它糊糊的一大鍋，自己看著都懶得吃，這就難怪志超三天兩頭往外跑了。志超原也是一個細細緻緻，講究生活情趣的人啊。面對一冰箱黑壓壓的菜肉，亞男心裡浮起一陣乏力和自責之情。

管不了這許多了。亞男浮腫的眼睛看不清，粗暴地在冰箱裡亂翻一通，不知從那個角落掏出一片西瓜，把楊小姐押到客廳茶几邊去吃。

楊小姐猶疑地把一片西瓜端到口邊，又放下，又端起，看看，又放下了。

亞男用平板、不帶感情的語調，從頭敘述病情：「——其實，我早知道，用染髮劑對我的體質會發生問題，偏偏我的頭髮白得早。（才四十五歲呢，看啊，劉副理的頭髮就一點不白。）黃一叢、白一叢，給客戶看了多不成樣子。（如果和志超出去，搞不好，人家還以為我是他娘。）巧的是，一位遠房姨媽送給我兩瓶外國貨染髮劑。（亞男，不是我說你，光疑神疑鬼是沒有用的，這年頭，外邊的誘惑太多了，你得好好打扮打扮，才抓得緊志超的心啊！）我想：外國貨、名牌，應該沒有問題。就上理髮廳，用用試試看，也並沒有馬上發作……」

聽到了要點，楊小姐神色興奮起來，坐直身子說：「是啊，那天早上在辦公室，看你走進來，頭髮又黑又整齊，好像年輕了十歲。我還說呢：大姐，今天有什麼喜事啊！」說著，楊小姐乾脆把西瓜放下了。

「就是，那天，一直忙到中午都還好好的。天氣熱得很，吃過了便當以後，我趴在靠冷氣口的辦公桌上午睡。大概是一點多鐘罷，我胸口又脹又悶，給悶醒了，聞到一股好濃的酒精味。（夾著什麼東西腐敗了的氣息，想著都噁心！）我這兒聞聞，那兒嗅嗅，這時候，誰也不可能喝酒呀！我這才突然想起去年染髮中毒的經驗。不對了，怪味兒是從我自己的嘴巴冒出來的呀。（天哪！誰知道我清清醒醒、兢兢業業辦公了二十年，有一天，嘴裡竟會冒出酒精味來呢？）我急忙跑到劉副理那兒去請假，你沒看見劉副理嚇成那副樣子。（笑死人！）」

一聽說亞男又要犯病，劉副理苦皺起臉，肥胖而戴著寶石戒指的手滿天揮舞，像是追殺一隻空中的大蒼蠅。他把厭惡抑制在極端不耐的語調中：「你看你，你看你，孩子都讀大學了，幹嘛又去染頭髮？又不是小姑娘愛美愛俏，真是出洋相！」

出洋相，說的也是。亞男心裡惶亂酸楚地想。又不是七老八十，誰想到頭髮好端端竟然花白起來？哪，也不過就是這一年多來的事。經濟不景氣，志超的外銷生意垮了。公司裡又緊迫裁員，上月裁掉魏淑珠，這回又裁掉邱福民，儘拿公司裡的老人開刀。真是伍子胥過昭關，頭髮是給活生生、急白出來的啊！

眼看著公司在忠孝東路的黃金地段，蓋起堂而皇之的人樓，亞男原以為可憑著資深職員的資格，昂然出入，誰又知道竟落入這般生死掙扎的地步。公司作業納入電腦管理。學有專長的大學生氣勢如虹地擠進辦公室，穿著講派頭，做事講效率。如果亞男不染黑頭髮，偽裝一份活潑和忙碌，這地盤還有得她混的嗎？

你瞧，就拿那個胎毛未脫、乳臭未乾的電腦小徐來說罷，整人冤枉連眉毛都不動一動呢？

「大姐，你看我做得對不對？」小徐一手拿電腦處理的報表，一手叉著筆挺西裝下的細弱腰桿，親熱地問。

亞男受寵若驚，忙說：「對，對，就是這樣。」其實，她雖然做了二十年的資料工作，卻對新式的電腦作業一竅不通。

小徐忽又憂愁地斜偏了頭，把報表左看右看、正看反看，慢吞吞地說：「大姐，恐怕不對罷？你看不出大有問題嗎？」

猝不及防，亞男覺得直被逼退到太古洪荒去，連還擊的武器都沒有了。到這時候，她只好一橫心，露齒獰笑：「唔，是不對，的確有問題，你學電腦，難道學的是吃屎的不成，自己拿去研究研究罷！」

劉副理啊，別以為我不知道，辦公室裡大家都在眼瞪瞪看我的好戲。希望我露出白髮龍鍾的原形，早早捲鋪蓋走路。劉副理啊，你若是也打這主意，就太沒有良心了！算你運通，別忘了你初進公司時，那股寒傖勁兒，事事還得向我討教！如果我家志超做外銷成功，你那點能同他比？就是輪到你替他提鞋也不配。呸！

你聽著，我決不退休！我的病馬上就要發了，我得趕快回家！只要歇個三五天，病一好，我立刻按時打卡上下班，絕不遲到早退！就算你要趕我走，也根本找不到任何藉口！

……聚散匆匆，莫牽掛

未記風波中，英雄勇……

亞男和前來探病的楊小姐坐在客廳裡，正有一搭沒一搭的說話。天花板上，一陣陣飄來最流行的香港電視連續劇《楚留香》歌曲。像是錄音帶在播放，反反覆覆，一會兒是廣東腔，一會兒又是國語歌詞，曲調豪邁，又帶著滿不在乎的瀟灑勁兒。

這幢鋼筋水泥公寓說來也怪得很，一點隔音效果也沒有，就像馬糞紙糊的。街上車聲人響，鄰居的任何動靜，一概都像近在眼前。楚留香歌曲因之穿門越戶，到處瀟灑飄揚了。

「嘩啷——」抽水馬桶的水由天花板直淋下來，楊小姐禁不住抬頭望了一眼。亞男兀自不動如山，腫大的頭臉蠟黃，浮著油光汗漬，活像一尊異教神祇。她繼續說話：「她倒在地上就死了，你信不信？」

……塵沾不上心間

情牽不到此心中……

亞男一本正經地說：「因為我生病，別人告訴我這個故事，千真萬確的。一個鄉下老太婆，兒子在城裡做事，快結婚了。這個老太婆接到喜訊，要到城裡參加婚禮。鄰居好心勸她說：到城裡去，要打扮體面一點，別丟了兒子的臉。還有，頭髮花花白白，不好看，該去染一染才對。老太婆聽了就去染頭髮，打扮得好像貴婦人一樣。她高高興興走到火車站去。可是沒有想到，突然間，她變得頭大如斗，倒在月台上就死了……」

「真的！」楊小姐恐怖地叫起來，望著亞男的頭，彷彿擔心她會突然滑到茶几底下死掉。

……來得安，去也寫意
人生休說苦痛……

亞男強睜浮腫的眼睛，饒有興味觀望楊小姐的表情。嚇嚇她也好，在這世界上，誰也別貓哭耗子。今天中毒的是我，焉知明天不是你？

「別說染髮劑中毒了。毒油、毒酒、毒蝦米……現在的哪一個人不活得提心吊膽。可是想想也就橫了心了。報紙上說是蔬菜水果上有農藥，那麼，就用洗潔精多洗洗罷。又說洗潔精也有毒，那麼，就通通毒死罷！就怕毒死了，連屍體也因為生前吃多了防腐劑，爛都不會爛呢……來，把這片西瓜給吃了！」

「真是，人心太壞了，」楊小姐說著，用塗了紫紅色蔻丹的尖尖手指掩著臉頰：

「前一陣子鬧食油含多氯聯苯，那一個倒霉的吃了油，臉上長一大堆毒瘡，退都退不掉，那才叫可怕呢……大姐，你的臉，腫快退了罷？」

「醫生也罵哪！（李太太，可別再玩命了。）這些染髮劑，明明可能對人體有害，也不在盒子上註明清楚。（李太太，下回毒攻心臟，就要一命嗚呼。）因為註清楚了，會影響銷路。聽說，在美國有人藥劑中毒，想控告製造商。哪知道商人派了職業殺手，把一家人殺個精光……這年頭，大商人有錢有勢，殺人滅口，誰惹得起？」亞男說。

冰西瓜擺久了，在玻璃茶几上漬一圈水。兩人坐在客廳裡，忽然沒話說了。楊小姐的臉也漸呆木下來。像在傾聽樓上飄下來的楚留香歌曲，一會兒，她忽然搖晃身體，殷勤又討好地笑道：「今天晚上，要演《楚留香》呢！」

「唔！」亞男也傾耳聽了下歌曲，機械地回答：「不是嗎？志超和孩子都愛看得不得了。」

說完，亞男忽然覺得心裡一陣寂寞。這些年來，在家裡有誰真正和她坐下來說上幾句話呢？每天下班回家，匆忙做好晚飯，吃完飯就是看電視的時間。志超或去打牌了，人影不見。在家的孩子們則像螃蟹一般舒張手腳，盤坐在沙發上、地上看電視，或跑來跑去，進行電視三台的爭奪戰。

戴著六百度近視眼鏡的老么，最是霸道。亞男有時看了一半的節目，也會被他硬生生攔斷、轉扭到另一台去。這時候，亞男發了氣，老么就會口裡「老媽，老媽」的軟哄硬騙，弄得她一點辦法也沒有，只好由他們去了。

幸虧來了個楚留香，把全家電視的興趣全統一了。每週到《楚留香》播出的日子，連志超也常把牌局回掉，回家吃晚飯，又和三個孩子一起坐在客廳裡等看《楚留香》。

闔家團圓、共享天倫。這時候，亞男一面欣賞電視裡白衣白袍的俠士與美女調情，一面偷窺志超躺在沙發，白襯衫下凸起的肚皮。這肚皮，是他在全力做外銷生意垮了以後，才凸起來的。從此以後，亞男總覺得志超把一切他倆過去共有的美滿都藏起來了，隔著厚厚的、沉默的肚皮，完全觸摸不著。

可是，辦公室裡的小姐，都說有小肚子的男人看起來最性感。亞男不放心的又偷看一眼志超，歲月並沒有把他清朗的側臉輪廓磨蝕呢。他緊抿往下彎撇的嘴角，又似不屑、又似陶醉地盯著螢光幕。他在想什麼呢？這麼愛看《楚留香》是嚮往楚留香的豔福，還是他在外面已經偷偷有了……

亞男看著著電視螢光幕上，楚香帥輕輕在女主角床邊放下香囊，然後翻身躍出窗外，飄然在夜色中遠去。亞男的眼眶忽然濕了。我配不上他，我不該把他名節壞了。然而，我也曾全心全力愛過他，願意為他做盡一切……難道是我的錯？背著他，一家一家去送紅包，設法打通關節，原也是為了在百般的不景氣下，能替他爭取到外銷配額啊……路像是走不完的。端著二十世紀梨的盒子，到處厚著臉皮說同樣的話。我也是逼不得已……誰知道那天禮送到處長家，會打了回票，狼狽地被轟了出來……誰又知道，事後志超會沉下臉，用那樣冰冷不屑的眼光看我……是我壞了他的名節。貧賤夫妻，原也可以活得堂堂正正。阿爹生前是怎麼說的？君子固窮，小人……總之，是我錯，是我理虧，是我對不起志超、對不起阿爹……他竟用那樣冰冷不屑的眼光看我，讓我一句話都說不上來。

頭髮便是從那時候開始白的罷！亞男想伸手摸摸自己乾枯的頭髮，可是兩臂像折斷般失掉力氣。她只有癱進沙發、癱進楚留香電視劇裡。

……就讓浮名，輕抛劍外

千山我獨行，不必相送……

「這首歌可真流行呢，」楊小姐笑起來說：「大姐，你沒看到報上寫的，連葬儀社出殯都吹打起〈楚留香〉來了。」

坐在沙發裡的亞男才想笑，又意識到自己兩頰發硬，頭頂像鐵鍋般沉重。她突然很想起身去照鏡子。按理說，三天休息下來，腫應該消退些了。可是，偏偏這楊素心還呆坐著不走。

到底我的臉怎麼樣了呢？在漆黑的世界裡，亞男只聽到男人的鼻鼾聲，不太遠，又像極遠。志超，醒醒，志超，醒醒。我的頭好難過，你替我扭一把冷毛巾好嗎？黑暗中，亞男努力翻轉身，伸手去摸觸那鼾聲，手祕密地伸出，又祕密地縮回來。志超，我沒有臉見你！

到底我的臉怎麼樣了呢！這個爛屁股的楊素心，不走是要等我死嗎！不必等了，老太婆自己會打扮好上路。千山我獨行，不必相送了。

大概是察覺到亞男神色不善，楊小姐忽然用非常幽婉的語調，向亞男傾身說道：「大姐，三個孩子都大了，又有李先生在做事，你辛苦這麼多年，也應該退休下來，在家裡多享一點清福。」

亞男驟然覺得鼻尖一酸，「嗤！」地從鼻孔裡笑出來。她說：「楊小姐，你沒結婚，這你就不懂了。三個孩子都是要讀大學的，等大學畢業，如果有機會，也不能不把他們送出國去見見世面。（哼！那劉副理當初還不是和我一樣從臨時僱員混起的，現在兒子已經在舊金山了。劉副理還洋洋得意地說：將來把事情一丟，坐飛機到美國和兒子一起開餐館發財呢。）你想想看，這份家累有多重啊！他們老子一個人哪頂得住？也不怪志超三天兩頭去打牌，省得在家裡看著三個孩子冒火發煩。（要不幾天不說話，要不罵起人來嚇死人！）我噻，其實也忙慣了。十七歲就出來闖，一個月賺六百塊錢。那時候六百塊新臺幣不算小，生病的阿爹全靠我奉養呢……」

大概是那天在病中聽到老二雲雲談起國文老師的刺激罷，亞男最近老要想起阿爹。看見楊小姐帶著神往和幽怨的神態，專心傾聽她說話，亞男忽然話匣子大開地談起阿爹和往事來。

「那時候，我們住在同安街，一棟矮矮的日式宿舍裡。阿爹本來教國文，房子裡一架一架的都是書，到處擺得滿滿的。」亞男說。

楊小姐湊趣地說：「這就難怪，我就覺得大姐字寫得好看，像是有國學根柢的人。」

「那你就不知道了，阿爹真是滿腹詩書。如果不是因為生病躺下來，我不知道可以從他肚子裡學多少好東西，也不會像今天這樣了。可是，阿爹總說：亞男啊，可惜你好端端地放棄學業，不過不要緊，我來教你。其實，我忙著做事、賺錢，哪有心思學呢？」

那時候，亞男剛下班，手裡提著的一些菜還沒放下，阿爹就顫危危地從床上爬起來，急著對她說話，又十分興奮地去翻書架上灰堆塵積的舊書。

「新時代，就要來臨了，怎麼能不溫故而知新？」阿爹搖晃著頭，枯瘦的顴骨發出病態紅光，像立在課堂上大聲演講：「要知道，憂患、動蕩，都是暫時的。今天，我們要面對新時代，要學西洋的，也要認識，我們五千年，立國的根本……」

阿爹興致勃勃，把滿胸在學校培植棟梁之材的熱情，都發洩在高中都來不及畢業的女兒身上。亞男敬畏地哦哦應著，心裡卻在後悔不該買豬腳回來，沒有時間煨爛了。

「這就是大同篇，這就是，禮的運轉，禮，就是理，道理，道……」阿爹又興奮地嗆咳了。亞男驚駭地替阿爹搥胸拍背。阿爹喘息一下，又嘶聲說：「——在於人倫，唔，在於人倫……有所終，這個……有所用，有所養，使……」

「幸虧阿爹死得早，看不到外面世界變成什麼樣子，」亞男對楊小姐談往事，不知怎地，心裡竟覺得愴痛非常：「記得那時候，阿爹病床上，宿舍又要拆了。我心裡多急呀，可是又得裝出沒事人的樣了。每天出門，都把木格窗拉緊，說是怕阿爹吹風，其實是怕他知道外頭正在拆房子，你說我心裡有多急……」

亞男說著說著，忽然哭起來了。楊小姐略感驚訝，趕忙挪近亞男，安慰地扶住亞男肩頭：「都老早過去了，還傷心什麼呢？」說著話，楊小姐的眼眶也紅了，從皮包裡掏出一條法國名牌的薄絲手絹輕拭眼角。

亞男用哽咽嘶啞的聲音說：「我也算全心全意服侍過他了，我這個做女兒的……（睡進黑黑的地底下，摸也摸不著。黑漆漆的。我的頭好難受。我想叫醒你，志超，替我扭一把冷毛巾，搗搗我的頭。難道是我的錯嗎？在二十世紀梨的盒子裡放紅包。你做不出來的事，我替你做了。你不能怪我呀。志超，我摸不著你。我頭好難受。）」

「大姐，大姐，」楊小姐情感豐富地摟著亞男：「說起來，我們女人也真吃虧，一輩子都是為了男人——」

亞男想到公司裡的一些流言，預感楊小姐也要吐心事訴苦，她頓時坐直身體，用眼縫斜瞄她一眼。再怎麼我也比你強。總不至於嫁不出去，做老處女。

「哼哼，」亞男收淚，輕聲笑道：「這不都是自找的！」

被亞男打斷話頭，楊小姐無可奈何地歎口氣：「大姐，橫豎你也快苦出頭來了。」

苦出頭，苦出個大頭鬼。

那天，亞男請好病假，乘電梯下樓。在電梯裡，她不敢面對鏡片，生怕看到自己的頭臉起了什麼變化。電梯滑到了樓底，走出來，在光淨的電梯門滑攏來的一剎那，亞男忍不住焦灼和惶惑，回頭朝電梯內的鏡片照看了一眼。還好，臉還沒變。

亞男捏緊皮包，轉身一陣風衝到忠孝東路大街上。日頭炎炎，放眼望去，高樓大廈林立，滿街車輛飛舞。亞男只覺得頭上汗出如漿，猶豫了一下，她捨不得花錢坐計程車。以她上次發病的經驗，頭頂還沒有發麻，還可以撐一段時間。如果動作快，乘公車回家，說不定還能把孩子明天帶便當的飯菜先料理好，再去看巷口的王醫生。

楊小姐說：「……三個男孩子，聽著都讓人怪羨慕的。」

可不是嗎？

那天下午，亞男氣喘喘奔回家，鞋都來不及脫，飛快地從冰箱裡取出牛肉、胡蘿蔔，準備切洗烹煮。可是，牛肉凍得像石頭一樣，剁也剁不開。正焦急著，她的眼忽然昏暗下來，把菜刀砧板都一併晃啷摔落在地。糟了，提早發作了。她害怕起來，想立刻到巷口看王醫生，可是頭發暈、腳發軟。她回房，倒頭竟睡著了。

不知過了多久，像騰雲駕霧似的，她聽到飄忽的人聲。

「這個『色難』什麼意思……」

「嘻，色噯，親個嘴噯，摸一摸噯找馬子很不容易啊……」

「真煩，都已經太空時代了，我們的國文老師，還出這些唸咒似的鬼題目……」

「神經兮兮的……」

亞男床上半睡半醒，伸手摸摸臉，濕漉漉的，額頭已腫起一個個硬塊，好像還滲冒出汁水來，她明白是雲雲和新新在客廳說話，就張口叫老大的名。

「新新，新新！」亞男在黑暗中呻吟。

外邊靜了一下，紛亂的腳步湧進房，臥房電燈啪地亮起。

「哎！老媽。你不要嚇死人好不好。」老大新新說：「上回已經鬧過這老毛病了，又去染頭髮，真難看死了。」

「新新，快陪我到巷口去找王醫生。」亞男說。

「要去，你自己去！丟人現眼，讓鄰居看好戲！」

老大忿忿說完，咚咚轉身走出，客廳裡的電視隨即響起。床前另外兩個人影，彷彿猶疑了一下，也轉身走出去了。

亞男躺在床上，張大嘴，半天說不出話。怎麼會是這樣？難道我是妖怪，住在妖怪窩裡不成？

亞男忽然有了力氣，跌跌撞撞從房裡走出來。她眼睛看不清，扶著椅背破口大罵：

「畜牲！你們這些吃屎長大的畜牲，我辛辛苦苦養這群畜牲……」

亞男聽到身旁人「吱吱」的笑。像被馬蜂叮了一樣，她怒不可遏揮手打去，一半打中人臉，一半打在藤椅背上，震得她心手發麻。

「嘩！你打我！」是老么小毛，他扯開剛變嗓的喉嚨，大叫起來：「你憑什麼打我？」

「簡直是瘋了，」新新的聲音不耐煩地說：「總是這樣不分青紅皂白，小毛笑的又不是你，是電視綜藝節目裡的老夫子呀！」

「豬頭，豬頭，你這個豬頭。」小毛哭聲嘶叫。

「好了，好了，別鬧了。老媽，我陪你到巷口看王醫生就是了。」老二雲雲的聲音說。

被雲雲拉住，亞男才發現自己手腳索索發抖，站都站不穩。

「大姐，你好好養病。我得走了。」楊小姐說。

「不多坐會嗎？不吃西瓜了嗎？」亞男說。

楊小姐走到門口，又回過身來，擠出寬慰的笑臉說：「剛進門，看見你簡直不認識。坐坐看看，又覺得還算好，不嚴重。」

「是嚒，」亞男說：「看過我發一次病，就不會那麼擔驚受怕了。」

送走楊素心，亞男立即捧著頭，到盥洗室去照鏡子。眼皮的浮腫已經消了些，她可以比較清楚地看見自己了。這病由頭頂往下發，如今水腫已散到兩頰和脖子四周，再往下發散，就快看不出來了。

如果不是因為這病、變形和扭曲，我應該還不算難看罷？頭髮白是沒法子的事。不過，染的不行，說不定可以用噴劑。下回試試看。

過兩天，又可以正常上班，亞男覺得心情鬆快些，一切都還可以從頭來起。等世界性的經濟復甦、景氣來臨，志超仍舊可以和朋友合夥做外銷。只要他事業成功，賺夠了錢，一切也都會大大不同了罷！

亞男踅回客廳，撿起楊小姐沒吃的西瓜，張口就咬。咦。這西瓜怎麼是鹹的？亞男心裡不信，又咬上一口，真是鹹的！亞男衝進廚房，把西瓜吐到垃圾桶裡，她這才想到：大概是冰箱裡打翻了菜滷子，漬在西瓜上了。

我怎麼這麼倒霉！連甜的西瓜也吃成了鹹的。亞男氣憤地衝進臥房，一頭倒在床上。

亞男閉眼養病，聽到樓上飄來楚留香的歌曲。今晚的電視正是播《楚留香》嗎？她心中浮起一陣恍惚的喜悅。什麼時間了？放學時間快到了罷？今晚，志超說不定也會回來看電視。該起來做晚飯了。再躺一會，就爬起來，做幾道好菜……一切都還可以從頭來起的。亞男想。

……湖海洗我胸襟，河山飄我影蹤，
雲彩揮去卻不去，贏得一身清風……

這是八十年代的台北，夜幕低垂，白衣白袍的俠士又瀟灑登臨螢光幕。他彷彿比經濟不景氣、人口膨脹、環境汙染都要來得真實。楚留香並且輕揮摺扇，輕靈地飛躍過千門萬戶、馬糞紙紮的機關大布景。

奪水

孩子，瞧你，又在黑暗裡撞了頭了。

來，我幫你揉揉……

有什麼用，你還會再碰，一次又一次。

黑暗裡，你要用頭撞開什麼呢？

說個故事給你聽：

很久很久以前，咱們住的地方，叫作「苦海幽州」。苦海，你懂啊？苦澀的海。幽州，就是北方黑暗的國度。世世代代，子子孫孫在黑暗裡瞎撞，想撞開一條明路來。

有一回，咱們險些兒勝了，呵呵，你不同意？

對了，咱們要說的，就是高亮的故事。記得罷？孩子，高亮。這名字讓你想起什麼來了罷?!

唉，又撞頭了，撞出好大疙瘩來……

這不是作夢吧！我靠緊樹幹，樹皮很粗糙，刮得我的背生疼。我摸觸身旁紅纓槍，手指在鋒刃下流血了，我捏緊了手指……血，別再流了。好熱，好熱的風，我

身體裡的水、鹽和昨夜的酒都被熱風吮吸出來了，只剩下腔子裡一顆心在撲撲跳、好像離水的魚……不是夢！

焦熱的風帶動大幅簾幕般黃沙在鉛灰色天際漫漫流動西邊重重山脈一夕間全枯黃了落葉叭嗒叭嗒掉下有燒焦的顏色遮蓋因熱而爆裂開的蛇尸……我得追上前。我想。只這麼一遭。我得證明我行，我沒有白活。翠巧。我不害怕，也不猶豫……

可是這分岔的四條路該走那條向北通北關向西北往玉泉山向西越西關向西南通西山八大處向南到西直門南側阜成門向東……誰告訴我該走那一條好像小時候離家迷了路我哭媽媽我哭我不喜歡孤單被拋棄的感覺可是他們說好漢英雄你是屠龍好漢快去快去屠龍莫回頭千萬莫回頭屠龍英雄迷了路……

我看到獨輪車輾過泥地的痕跡。在往西北玉泉山的路上。

嘿！說起那高亮，果然有膽有識，他光著背脊、手提紅纓槍往西北山上沒命似的衝去。他的身影閃動在焦枯草樹間、時隱時現……劉大軍師原在他額上用朱紅筆畫了保命符，此刻全被汗水弄糊了，像魚鱗一樣斑剝脫落……

想起來了？孩子。你開始想起這個老故事來了？

那天，是高亮揭了劉伯溫貼在城頭的榜文啊！

說起來，是好久好久以前的事了……

幽州本是龍住的地方。然而，從山上走下來了蓬頭垢面的人，他們捏黃土做鍋、挖泥炭升火。人逼乾沼澤裡的水，砍木柴架簡陋的房子。房子多了成為村莊，一寸一尺擴張、占領龍的領地。最後，他們決定要蓋大城！

築城的圖樣就是軍師劉伯溫畫出來的——「八臂之城」。

以兩口深井為眼、以八座宏偉的城門為手。劉伯溫想蓋一座地上從未有過最華麗、最牢固的城，用八隻石砌巨手，永遠把龍的子孫驅往幽州以外的東海。

眼見「八臂之城」就要落成，龍公動了怒：「劉伯溫何等猖狂。這小小一座城就能奈何得了我嗎？看我施出本事……」

就在劉伯溫在城頭貼出榜文的前一夜，龍公帶龍婆一家子化作人間送水伕，推兩輛獨輪水車，搖搖擺擺，到城首兩口水井前、汲了一夜的水——那井水啊，地底四通八達，像血管一樣綿密！灰濁的是苦水井，人們用來洗衣、洗穢物用的。白亮是甜水井，煮飯、飲用都得靠它……龍公、龍婆毫不容情，一股腦把苦水、甜水全汲乾……八臂之城的眼睛被剜掉啦！成了瞎眼的蜘蛛城啦！八個城門在黑夜裡顫搖起來，瞎了眼的蜘蛛焉能鬥得過龍嗎？失了水，幽州城內的人還能活得下去嚒？孩子，你說呢？

督造大城的劉伯溫第二天醒來，連洗臉的水也沒有。這就難怪他急得連官服都來不及穿，匆匆卜完一卦，就在西直牆上貼出榜文——徵屠龍英雄……

我跑。

枯草扯我的褲管用刀片般葉緣拂割我胸膛坑窪不平山路抓我的腳尖銳的石塊跳彈起來打我膝蓋……

我跑得更快。

飛我想飛像鷹一樣展翅飛哪怕就這麼一次也要飛越那著了火似的高山翠巧是為你翠巧才追跑在這荒山上……

我喘氣。

要深深深深跑進你的身體更深更深不再出來你不要笑不准你邪浪的笑我可以證明你看我會追回龍帶走的水我是屠龍英雄為你翠巧我才去揭了榜文……

啊，讓我喘口氣！

你羞辱我翠巧昨晚我把壺裡剩下的酒全喝乾好熱好我推開窗……好黑。翠巧。我把酒杯擲出窗外聽酒杯碎裂在長街聲音好小好寂寞……我想哭。翠巧。我撐窗檻的手臂抖顫我沒有這麼怕黑從來沒有因夜黑而哭……翠巧。再讓我試一次。我要深深深深進入你再次扳倒你證明我活不然我就要掐死你不准你這樣邪浪顛倒的笑……我跑。我喘。我跑得更快。翠巧。我不害怕。我兩臂開始有力氣。準備把紅纓槍擲出……

話說那高亮揭了屠龍榜文，也應全在劉伯溫的預料之中。你說是罷?!孩子。劉伯溫有未卜先知的能力啊！

雖說如此，劉伯溫見到眼前這來應徵的漢子，也要深深驚異了……

這就是將來要成為傳奇故事中的英雄人物嗎？

衣衫不整、腳步搖晃，手裡拖一根吊垂著爛紅布穗的長槍……他就是命中注定將來會從龍公龍婆手中奪回水來的高亮嚒？

看到他眼中宿酒的紅絲、焦躁不熄滅的慾望，劉伯溫忽然都信了。劉伯溫把手搭上他的肩膀……

孩子。你哭了？你也覺得高亮好可憐，是罷?!

劉伯溫說：好。你來了。很好。就是你。高亮。你就是屠龍勇士！

我為你提起朱砂筆，額上狂書保命符。此番屠龍去，二事牢記心。刺龍端可一擊中，要取甜水非苦水。刺中轉頭疾疾奔，千千萬萬莫回首……

唉——劉大軍師忽然歎了氣。徒勞啊——都是徒勞。到頭來、誰勝？誰敗？誰生？誰死？誰黑？誰白？誰甜？誰苦？全是天機、不得洩露……總而言之。高亮。總而言之。你跑。你快跑……

別怕。高亮。你快跑。我們都盼你功成歸來。婦人盼著你。孩童盼著你。劉大軍師焚香禱告盼著你。官兵列隊在西直牆外盼著你。盼著你。盼你成為千秋萬世的英雄。盼你成為與此城歷史永不分離的傳奇。

亮晶晶。什麼東西？

它刺痛我眼睛。

翠巧耳環刺痛我眼睛她死命把我推開推開把腳從我腿下抽出你這個不中用的東

西不中用翠巧用唾沫唾我她啪嗒啪嗒胸口揮拍紙扇汗水頭髮披落不中用的東西她說那門子好漢幾綹頭髮黏在嘴角好像口裡爬出來黑蛇……

翠巧耳環亮晶晶搖晃刺痛我眼睛我咬我渴我寧願它是一滴水好解我渴但它什麼也不是天啊我是不是作夢……

一片龍鱗！

一條岔路又一條岔路，高亮漫山遍野亂鑽亂跑，像瘋子，像瞎了眼睛兜圈子的蒼蠅……呵呵，要不是推水車的龍公龍婆故意在岔路上遺落一兩片龍鱗，高亮還不知道要跑多少冤枉路呢！

世上但有那劉伯溫能未卜先知，難道龍公龍婆就是呆子不成。為圓滿完成這個故事，他們只嫌高亮太笨。到最後，龍公乾脆把水車停下，躺在落葉堆裡睡著啦。

龍婆坐在樹蔭下，忍不住唏唏笑，她說：來呀！孩子！來呀！我的肚餓，我聞到生人的味道，我知道你近了……來呀……

啊！是誰你是誰？

告訴我可看到龍公龍婆帶水走過他們往哪個方向你快告訴我你這個老太婆怎麼不說話？

孩子，看你渾身大汗，胸口突突跳……

孩子。我喜歡你！你的血是紅的，你的心是熱的……

孩子。讓我摟摟你、抱抱你！

我要講一個故事給你聽，好讓你安眠……

你指甲你牙齒你幽暗皮膚隱約的鱗紋啊難道你就是……

別靠近我！否則我紅纓槍不容情！它會刺穿你！

水。水在什麼地方？

呵呵，孩子。

雖然故事還未發生就已寫好。你是主角所以並不瞭解結果。甜水苦水你將奪回哪一種水？是死是活你又何嘗知道？你像迷路的孩子孤單在世上徬徨。哭喊親娘也無人答應……

呵呵，孩子。

要不要我透露一點祕密給你聽？

我認識你爹，也認識你娘，說起來，我應該是你太上祖宗娘娘。

從你眼中的血絲，我看到你父親逞力氣被城磚壓死的慘相。從你眼裡的火光，我看到你母親與人通姦為愛而發狂……呵呵！孩子。你可知道他們現今在哪裡？那幽暗和寒冷不久你也得前赴……他們封閉在地下最黑暗的水泉，以頭撞石，想重見光明。

呵呵，孩子。

他們成了一種古怪的魚！

可怕可惡老太婆你在扯謊人只能活一次死後臭爛無蹤無影我像箭在弦要向光明

長空射出刺穿空茫贏得英雄美名傳……

說到這魚，你們也見過。

漁人在北方的黑泉裡，捕來賣給富貴人家做玩物。

只要放幾片黑石頭在水盆裡，牠就用頭去撞碰！

魚撞得石塊布布響、額頭腫起，人只覺得好笑，叫牠「布魚」。

魚有鱗，是龍的種族。

人無鱗，是龍的仇敵！

那知道就像黑夜與白晝並無明顯界限，鬥爭輸贏就好比滄海化桑田、桑田化滄海。火熱的慾望終歸冰冷，冰冷又孕育了求生的鬼靈。唉！為什麼不睡一會呢？

呵呵！來吧！孩子。

為了我掌管那寒冷和幽暗，親親熱熱任我摟抱，叫一聲祖宗娘娘！

我知道你就是龍婆我毛髮豎立緊握紅纓槍不聽你胡言亂語受我一擊……

噯噯！別弄錯了故事的章節。

一切都得清楚依書裡的線索發展，以免擾亂日後的傳述……

孩子，聽到這兒，你怎麼又用頭去撞牆了？

話說那高亮在荒山野嶺間找到龍婆。龍婆轉身從枯葉堆裡扯出打鼾的龍公。龍公醒來轉身從枯葉堆裡扯出一把獨輪水車。水車上水缸長出龍鱗轉眼變成大肚皮龍子。龍子轉身從枯葉裡扯出另一把獨輪水車。水車上另一個水缸長出龍鱗轉眼變成大肚皮龍女。龍婆手拉龍公手拉大肚皮龍子拉大肚皮龍女。龍公一家人手拉手轉身向高亮大笑。龍公笑嘎嘎。龍婆笑唏唏。龍子龍女肚皮裝滿八臂城內所有的水，咕嚕咕嚕的笑。

來吧！高亮。你刺罷！

任你選、任你刺。刺穿肚皮，就能得水！

故事規定，你只准刺一次！

刺完，你得快跑……記得哦，千萬不准回頭！

不然，就得死！

嘎嘎。唏唏。咕嚕咕嚕……

我要刺翠巧我閉眼用全身的力量我舉起紅纓槍刺翠巧你不要邪浪的笑我將深深進入你的身體在那裡沒有評判，在那裡我將深深找到平寧和休息……

在這廣大令我眩暈的天空下只有這一次……

我閉眼用盡全身的力量——

我刺！

高亮刺了他命定的那一槍！

高亮汗涔涔回頭就跑！

高亮周身像著了火一樣，往八臂城奔去……跑！高亮。你快跑！全城的人都盼著揭榜文的屠龍英雄奪水歸來。劉伯溫焚香祝告禱求你。官兵列隊在西直牆外的橋畔歡迎你。孩童雀躍著要看你。百姓殺雞宰羊做酒菜邀你。婦人四仰八叉躺在床上等你……

近了。高亮喘氣。近了。他看見了……

有什麼用？這一切的光榮不過只是故事裡的情節。孩子。你聽著。那只是很久很久以前的故事……因為是故事。雄偉華麗的八臂城不免看來像紙糊就，站立城門的劉伯溫、官兵和百姓不過似一隊傀儡……

傀儡們單調的歡呼、雀躍、尖叫：

高亮！我們要甜水！

高亮！我們不要苦水！

高亮！我們要甜水！

呵呵！傻子。

誰答應你高亮一定要奪回甜水？

我終於刺了翠巧我刺過了翠巧我刺……我真的刺……我真的……

我跑我突然懷疑我跑我突然想大叫這一切都是捉弄誰在捉弄我是草它拂割我的胸膛是泥地它拖拉我腳跟是尖銳石塊它跳起來打我膝蓋……可是沒有痛我的痛和我的紅纓槍都在一擊中失落我的心突突跳的心在一擲中飛向茫漠無際的長空翠巧我根本不認識你你的笑對我沒有任何意義也無需肉體再一次拚搏我擲出紅纓槍就像推開窗向黑暗長街擲出酒杯遠遠迸碎聲音好小好可憐好孤寂……我聽到熱風在空城迴旋我看到全然的黑我害怕想哭在黑城裡我看見斑爛像大錦蛇般怪物尾懸於井架扭動肥大身軀把頭倒浸在井水中咕嚕咕嚕喝水我不明白牠要喝多少才飽足井已枯乾泥濘發臭井底露出汙穢褻衣女人頭髮梳子死狗爛貓千萬年人類掉落的歡笑和呻吟像呼嘯的風在黑暗空城迴旋……我不能回憶井水滋味是甜是苦一切都是無意義的夢境……

我停止奔跑。

我站立。

我回頭……

照他回頭應有的式樣，高亮回頭了。

孩子。結尾你是很明白的啊！

一股浩漫的、灰濁的狂流，由空中嘩啦倒下，把高亮吞沒、遮暗他眼中的風景……

沒錯！是苦水。

八臂城的人從此只有在苦水裡繁衍子孫，一代又一代……

孩子。你又在黑暗裡撞頭了。

你不滿意這故事的結尾嗎？

別急，光明的日子會來，苦水也會變甜……

一定，我保證！

來，讓我幫你揉揉！

來，讓我摟摟你、抱抱你。

故事雖已完，待會還可從頭再說起……
安靜一下，睡吧！
乖！

〔後記〕

神話是一首傳唱的歌

——七十回顧少年「哪吒」

奚淞

二〇一三年春日，我在新店溪畔、公寓畫室重修觀音畫稿。趁眼力尚好，手力還穩，或可以把積累的舊畫稿修得更耐看些。

傳統工藝裡稱這種造像手法為「九朽一定」。朽者，修改也。老畫師一遍遍修稿，也就是心繫傳承、期望能把趨於美善的稿本交付給徒弟，以發揚光大。雖然手工藝時代早已過去，我修畫稿的心願亦如昔日畫師。

當初一時動念，為紀念亡母而作白描觀音。未想墨線綿延，長久以來，毛筆線條穩定了我易散漫、妄想的心，如是心手牽引，竟使我皈依佛法，成為虔誠佛弟子。

那天，我伏案描圖、為坐姿觀音的膝邊增繪一朵蓮花，草稿初成，起身審視，心中不禁一動。

這身影太熟悉了。它豈不是在召喚我早年文學記憶——近半世紀前，我創作第一篇小說〈封神榜裡的哪吒〉、開場的人物描寫嗎？

「……一腳盤踞、一腳微踏在青草地上。半舊的白麻道袍順著肩胛垂下許多皺褶；寬大的衣袖遮住了腳上的芒鞋。微微向前傾注的身體，像是正在觀賞野生在河灘淺渚中的蓮花……」這篇小說裡哪吒剜肉剔骨、贖罪捨生的情節，是從他的師父——太乙真人的回溯寫起的。我忽然想到：這趺坐九灣河畔、太乙真人的身姿，豈不正與我此際描畫觀音菩薩的形相一般無二。幾十年光陰過去了，我居然還停留在原地。

「……『紅兒，痴徒，你到了這個地步還要向師父要一個形體嗎？』……」小說裡，太乙真人向夢中前來求告的哪吒魂魄說。

「我終於用血償還了我短短人間一些所有虧欠的。我得到最終的自由……可是師父，就如你聽見的，我還是在哭，忍不住的眼淚使我還想加入到世間的不完美裡去……」

回想昨夜夢裡，至愛徒弟紅兒的聲音；太乙真人起身，拍拍膝上的楊花輕塵，走向河岸，將那朵開得最無顧忌的蓮花摘下……「『這鋪在地上的，就是等你來投化的身體了。』」

全篇故事仍然結束在小說起首的白砂水岸。天色晚了。太乙真人守候愛徒魂魄來歸「……倦鳥歸巢了，空氣那麼靜寂。漸漸地，太乙的左眼亮起了一朵端麗的蓮花，右眼也亮起了另一朵；可是在心中，不偏不倚地，它們合併成一朵，在永生的池邊。」

回顧彼時二十三歲、從來也不曾涉獵佛法的我，怎麼就會寫出這「不二法門」意象、又從道教神話中的蓮花象徵了我趨向佛道的晚年？

猶記當年在白紙上提筆落字，文思泉湧，彷佛蘊積在心中、盤據不去生命疑問和鬱結，忽然尋到一線光明通道，於是字句得以自動聯結，傾瀉而出。我撲倒在書寫中，一夜經歷了垂淚後狂喜的創作體驗。事後回想起來像一場靈異夢境，一現而不得再現，我也就把這篇慘綠少年時代的文學體驗，推向記憶深處，不再追溯了。

多年後卻因重修觀音畫稿，憶起關於創作「哪吒」的塵封往事。巧的是當天便

奚淞與他日常抄寫的《慈經》誦句。

接獲一封來自《文訊月刊》的邀請函。函中尊稱受邀者為「文壇前輩」。讀此稱謂不由微笑，我哪算得上文壇前輩。學畫、又投身於菩薩造像手藝的我卻不過剛巧回顧到自己文學的前生罷了。

函中敘述活動的內容是這樣的：《文訊月刊》編輯部裡收存了三十年積存的檔案資料，目前正遭受必須從舊址移遷而欠缺安置經費的困境。這批龐大作家及文學檔案一旦散失，將成為台灣文學史無可彌補的損失。因此《文訊》打算舉行一次拍賣會，以籌措資金，為編輯部及文學檔案找個落腳的家。函中期望藝文前輩能捐贈手澤或藝品，助成這次拍賣會。《文訊》如是敬邀。

可真是有緣。我開心地想：那麼，就捐出我剛修好的「觀蓮菩薩」罷！

收到邀函次日早晨，我依慣例騎腳踏車前往河邊「北新泳池」晨泳。此地為都市近郊，尚保留殘存的菜圃、林園和老屋，是小碧潭地段，最後一片即將在都市規劃下更新的農業用地。

我喜歡騎車經過菜園畦地，然後穿越彷彿藏在時空膠囊中的民生路舊巷。狹窄深長巷道，傳聞為光復初期，政府為安置海南島撤退難民、韓戰義胞及北上勞工等人，在此地搭起供他們棲身的成排平房。七十年下來，櫛比小屋隨人口增加而向上增高為三至五層小樓，就形成仰視如一線天般的羊腸小巷了。

與早年唐山來台的移民聚落相似，民生路巷頭有奉祀地方保護神的道教興申宮，巷尾則是土地公福德祠。一頭一尾，庇護了這群異鄉客。只是我每回途經興申宮，望見那始終沒有足夠香火錢裝潢、裸露出鋼筋水泥結構的屋頂，不免覺得擔心。深怕不久後地區更新、遷建，可能會把這一切自然發展、尚未完成的舊跡全剷除殆盡。

這天，正由興申宮踅入民生路時，我彷彿在宮側廢物堆積處瞥見眼熟形體。恍神間，已然一溜煙將車騎向泳池方向的我，卻如夢遊般返身轉回垃圾堆前。停車、定眼看，可不正是哪吒！是誰把一尊三太子雕像灰頭土臉地拋棄街頭？

驚訝的我快步走向道宮，詢問坐在宮口板凳喝茶的老人：「阿伯，怎麼把三太子丟在垃圾堆裡？」

老人聞言隨去看三太子；看了，緩緩搖頭：「不是我們的啦，宮裡中壇元帥（哪吒）好好的還在。這尊，我們不識。」

「這怎麼行？等一下垃圾車來，就會把太子爺連垃圾一起清理去了。」我對老人說：「不如我把他請走吧！」

二〇一三年春日拾得的哪吒木雕神像。

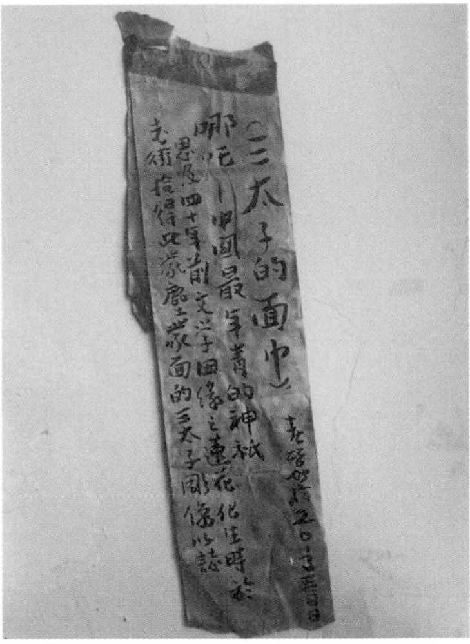

三太子遭棄置時的紅面巾。

老人笑道：「對、對，快請走、快請走！」

我便彎身，將煙熏蒙塵、且以紅紙裹面的太子像，從底座用雙手捧起。這尊腳踏風火輪、身披混天綾、右執火尖槍、左拿乾坤圈的三太子，約五十公分高，是通體完整的傳統木雕。抱在懷裡，便是一份沉甸甸神話，令我為之悚然。

搬上車後座，載至巷尾福德祠處，適有一座長方形磨石子自來水盆，旁邊還備有洗潔用品和毛巾。我於是把哪吒安置洗潔台，小心翼翼、試著揭開用以裹面的長條紅紙……

我納悶：何以要用紅紙包圍面孔？難道就像人間棄嬰，拋棄者不忍孩子眼見自身慘況，才把他連臉都遮掩起來？

並沒有棄兒啼哭聲。紅面巾揭開，太子爺亮相了，容貌出乎意外的明朗、清晰；劍眉星目，含笑帶威，好美的開臉。這雕工手藝，非早年的唐山師父莫屬。

我仔細用軟毛刷沾少許洗潔精及清水，清拭他的寶冠、甲冑、衣靴。去除一層灰黑煙垢，不只彩繪顯露、就連鑲嵌的紅綠玻璃寶石也亮現。乾坤圈和火尖槍上裝飾的絨球，稍加清水浸潤、擰擠，便由暗褐轉成殷紅，洋溢生命力的顏色……

「這不合規矩！」耳邊忽傳來喝止聲。我一驚，才發現不知何時，洗潔台前已圍聚了四個白髮老人。一位身穿汗背心、枯瘦如圖畫羅漢的高齡老頭，以顫顫然、嚴肅的口氣說：「三太子不可以洗澡的咧！」

估量他並非為追討雕像而來，便小心翼翼回應：「好啊好啊，是我不懂規矩，擦乾就是。」

我把沐浴後通身鮮明的哪吒搬上車，就在四個白髮老神仙的炯炯目送下，推車離開民生路巷落。

那天晨泳後，載太子爺回家，一路彷彿身在巡遊陣頭中，若有鼓樂響起、觀眾相隨，心中莫名興奮。

回畫室，於雕像殘損處略加維修補彩，然後將之安置於朝陽照耀、有綠色盆栽舒展枝葉的臨窗角落。時不時，我便會去探望半晌，看三太子在新居可曾安住？痴痴對他著迷了許多日子。

哪吒與我，也算久別重逢。回憶當年，我僅因從地方戲曲中偶然聽進一句「剜肉還母、剔骨還父」的唱詞，便在心頭久久盤據，醞釀成〈封神榜裡的哪吒〉寫作。如今歲月已晚，老人與少年相對凝視，恍若夢中。此時倒想追問一句：你究竟是何方神聖？

重新翻開〈哪吒〉舊作，甚感情怯。

「我的出生是一種找尋不出原因來的錯誤……」小說裡，哪吒以發自靈魂的哭聲，向師父太乙真人追問生命真義。

出生於戰後嬰兒潮的我，雖未曾親歷戰火，卻也在逃難中一度與父母失散，稚齡期便種下一份惘惘然的棄兒情結。「世上怎麼會有『我』？為什麼『我』是『我』，而不是『他』或『她』？」從小，我便躲藏在自我疑惑的黑窟窿裡。這也正是上世紀中葉以降，西方存在主義和嬉皮運動潮流中，一代人的天問和對生命意義的追尋。

潮流過去，並沒有找出人何以出生、何以煩惱受苦的答案。瑞士心理學家卡爾・榮格指出：人受不可知的本能驅使而活動。在屬於個人本能的潛意識之下，還有更淵深的集體潛意識。設若人類的文明僅只建立於意識形態可知部分，而無法與生命集體潛意識聯結的話，這文明將會是危險的、惡魔的文明。「唯有神話與夢，才能與潛意識本能溝通。」榮格如是說。

作為上世紀老人類如我，此時頗笨拙地啟動桌上型電腦。佛法道：空性便是緣起萬有；網際網路則說：凡走過的必留痕跡。我便試著向網路世界追問神話來源。

幸虧學會電腦，才使我從網路屏幕上認識到周遭流行變化。以哪吒而言，原來他早已在新世紀變身電音三太子了。在民間廟會遊行陣頭中，作為開路先鋒「大仙尪仔」的三太子，如今增添「台客」打扮——戴大黑眼鏡、白手套、穿夾腳拖鞋。他不走傳統七星步，卻以轟轟烈烈的電子流行音樂，在街頭大跳年輕人最愛的嘻哈舞步。電音三太子甚至在有頑皮酒渦的童顏面具下，口含巨型橡膠奶嘴，腳踏蛇板滑行街頭，引得圍觀陣頭的觀眾鼓掌、尖叫、歡呼、大笑。

最精彩的現身，莫過於二〇〇九年高雄市運會開幕式，陣頭大仙尪仔、數十名跨騎摩托車、頭戴ＬＥＤ霓虹燈的電音三太子集體呼嘯登場……如此華麗、超現實又飽含生命力的開幕式，舉世罕見。如今電音三太子已成為代表台灣走向國際的親善使節了。

古典悲劇是怎麼變成現代喜劇的？

在《國家地理頻道——愛上真台灣：電音三太子》影片中，記錄了一位來自金門的母親把暴劣、只愛打架鬧事的兒子送到座落於台中大肚山，在訓練陣頭和民俗表演的「九天民俗技藝團」接受管教。此地崇祀三太子，團長許振榮甚至把三太子哪吒形容為這群青少年的「訓導主任」。

一群青少年打赤膊、在山頭烈日下學習武術、走七星步、擊鼓，過團體生活；

誰若犯錯，便在瞪大雙眼的哪吒神像前挨訓、鞭股、跪香。如同許多送來管訓的少年，來自金門的小正在「九天民俗技藝團」當然會一再違規受罰，但他居然都能安忍過關。

「挨打，很痛啊，」影片裡的小正說：「但我更痛在心裡，這是三太子在責罰我，要我改過、學好……」

金門小正的改頭換面，也可以說是捨身化蓮、哪吒情結的一種表現罷。

另一段名叫《在台灣的故事：三太子身世之謎》影片，報導每年太子誕辰，遍布全省各地、上百座太子宮的哪吒神像紛紛起駕，向台南新營開基祖廟——太子宮進香的盛況。紀錄片後段，隨行主訪者蔡昌憲被安排一項特別任務——捧一座太子像入祖廟拜謁。

那一次廟會大典，在民國九十九年農曆九月九日早晨。新營太子宮前四面八方的陣頭和神教輻輳而來。遍地鞭炮燃點，遊行隊伍中，七爺八爺巨偏身軀搖擺，高於煙霧；花臉八家將步踏七星，行走在劈啪火花裡；電音三太子也駕臨，嘻哈樂聲大作……一座座太子龕轎來到開基祖廟前，入謁進香的時刻終於到了。

「我第一次參加這麼盛大的廟會活動，內心的澎湃無法形容，」年輕的昌憲說：「更何況是由我捧太子爺入宮！」

宮口兩邊有人高聲吆喝：「進喔、進喔……」蔡昌憲被兩位香客左右挾持，居中的他緊張地懷抱太子爺，隨人潮向宮口湧去。此時攝影鏡頭緊追在後面跟拍，但拍到他雙臂高舉神像過頭，宮內早已備妥安置眾太子爺的案檯，昌憲一到檯前，立即有人從上把太子爺捧接進去了。圓滿達成任務的他轉過身來，面對鏡頭咧嘴笑，眼淚卻直淌下來。

「沒想到廟會的力量這麼大。這是第一次，我感受到流浪在外奮鬥的遊子，終於回家拜見長輩，得到親人的喝采。我真的好激動，」昌憲說：「我也覺得很平靜。」又哭又笑、既激動又寧靜，這就是民間信仰觸動潛在情緒的奇妙之處了；喜劇與悲劇在神話原型中得以互通無礙。

《三太子身世之謎》節目末尾，揭開謎底：哪吒的身世是——什麼？「哪吒是印度大乘佛教、四大天王中北方天王——毘沙門天的兒子。」在諸多民俗宗教研討會中，眾學者爬梳經典、歷史文獻，得如是結論。

我即刻以「哪吒」為關鍵字，進入網際網路的文字資訊。果然不錯，哪吒神話源自印度，有大乘佛學經典的記載為證。這就接近我心中的疑結了。我早就想過：

「剜肉剔骨、兩代之間恩情絕裂」的情節，說什麼也不像發自「身體髮膚受之父母、不敢毀傷」的中國道統。哪吒祖籍印度、出自佛教故事，這就對了。

大乘佛教經典中有被譯作那羅鳩婆（Nalakuvara）的人名，而在其他記載中譯為那吒矩缽羅、那吒俱伐羅等，隨後被簡化為那吒。

那吒，是四大天王中、北天王毘沙門天五個兒子中的第三子。毘沙門天又名多聞天。「多聞」有多聞於佛法的意思。他左持三叉戟、右持寶塔（佛塔），是天王中護持佛法最重要的首領。

佛教傳入中國，至隋唐而達於極盛。唐代以毘沙門天為護國神，此風東傳日本，戰陣中亦高舉毘沙門為戰神之幡旗。甘肅敦煌莫高窟中，就有描繪雄偉的毘沙門天及隨行眷屬的圖畫，那吒為其中一員。

宋代典籍有那吒現身拯救遭難僧人，及獻佛牙以建寺廟的記載。那吒當為佛教護法神的身分無疑。

宋代以後，那吒流行、化入道教，變成托塔天王李靖之子。這就改姓名為李哪吒、歸化中國籍了。即使神話已經本土化，其印度佛教原型猶存，直到明代《三教搜神》記載中，自毀肉身、捨離凡胎的哪吒，一縷幽魂並非求助於道教師父，而是

「抱真靈求全於世尊之側」——他形體得以成全重現，是由佛陀親為他「折荷梗為骨、藕為肉、絲為筋、葉為衣」，以無上佛力加持他「出離濁世而無染」、完成蓮花化身。

又有民間傳說，北京城舊名「八臂哪吒城」。這是元朝建大都依風水信仰而有的形制和名稱，由此足見哪吒作為守護神的崇高地位。奇特的是，一介背負無明原罪者，如何轉化為護衛世界的神格。其間的矛盾和成全，就成為神話連結人性潛意識的祕密了……

在從一切電腦影音平台和文字資訊搜尋過後，我由時空穿越之旅歸來。回過神，心中不禁反覆唸誦：「毘沙門天、毘沙門天——」既陌生、又多麼熟悉的名字。

啊，畫觀音三十年的我，怎麼會沒有立即反應到：在《妙法蓮華經觀世音菩薩普門品》中，明明白白在觀音菩薩救度苦難、隨機應化的章節中說到：「若有國土眾生應以毘沙門身得度者，即現毘沙門身而為說法。」這麼說來，毘沙門天的神格與觀世音菩薩是可以互通、共有的啊。

那麼，追溯身世之謎，哪吒既是毘沙門天之子，也就可以說是觀音之子了。如此便回答那一日，我重修「觀蓮菩薩」心中浮現的疑問。

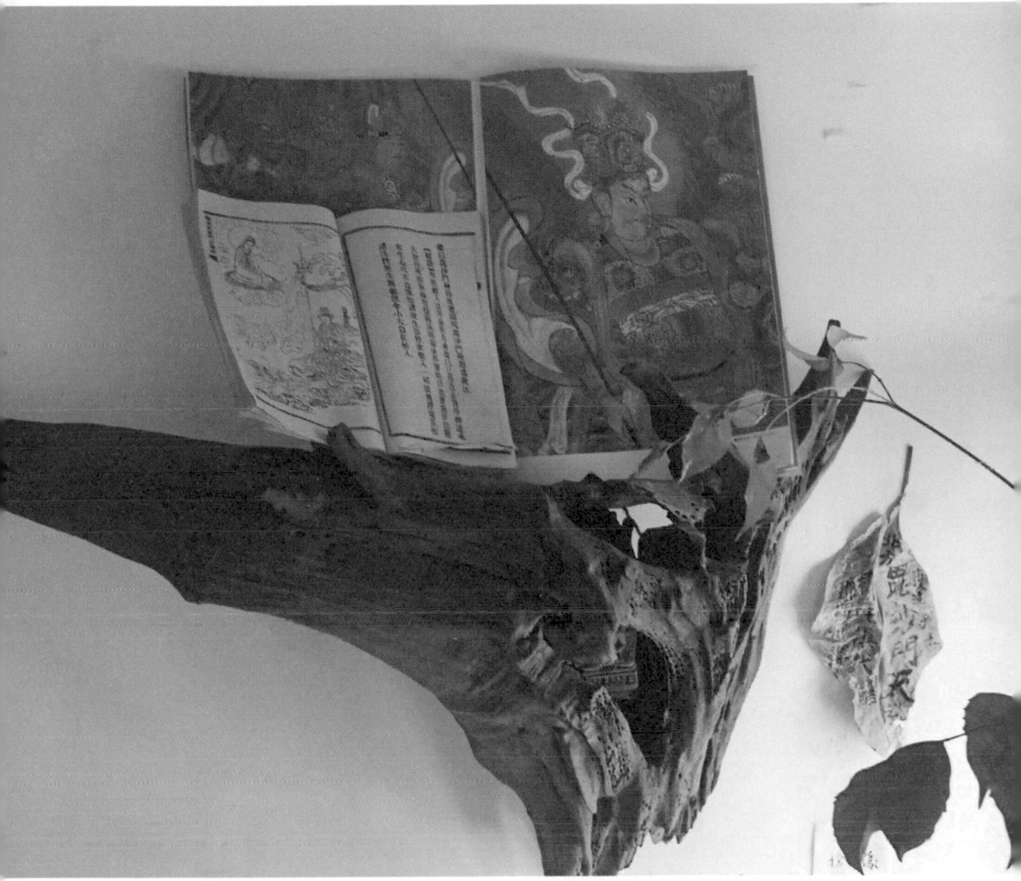

《普門品》中觀音化現毘沙門天（左側經書）； 毘沙門天率眷屬現身戰陣（敦煌壁畫畫冊）。

二〇一三年，高興能為《文訊》義賣的邀約，贈出「觀蓮菩薩」。那次很多「文壇前輩」紛紛現身、大力出手相挺。他們捐出私藏珍貴文物藝品，造就義賣會的好成績。而後《文訊》編輯部及三十年文史檔案順利得到安頓。

至於我，也在流傳世間的哪吒神話中，找到自己皈依的源頭。我在新店溪畔畫室，再度修定「觀蓮菩薩」。這回畫裡的觀音不僅回眸觀蓮，更是笑看當下化身蓮花的哪吒。一介流浪生死的棄兒，在此捨下個體執著、融入「無緣大慈、同體大悲」全體佛性中，這便是佛教譬喻修行圓滿境地，所謂的「母子相會」罷。

「……楊花和著輕塵飄著，新綠的柳葉閃著，蓮花搖曳著。河水像是靜止，又像是流著。時間像是在摹寫昨天，又像是全然不同了……」

佛說無常。新店溪畔也在鄉土巨變中。推土機、怪手隆隆。近年菜園、林地、舊厝飛快消失，圈出大片準備造就捷運、公園，歐風大廈的建地。當然，我一向習慣晨泳的北新泳池早就不見了。至於民生路「一線天」巷落，由於牽連住戶甚眾，一時要遷建更新還真不容易。

二〇一八年三月裡，沒想到「哪吒」舊事又被提起。「聯合文學出版社」總編輯周昭翡來訪。她從手袋裡取出一本影印裝訂的小書，出示給我看。原來是民國八十年印行、早已絕版的小說集《封神榜裡的哪吒》。

「我一直很喜歡『哪吒』，可是百般找不著，只好到圖書館裡影印一本。」昭翡認真地說：「絕版這麼多年了。我們把它重新印出來，好嗎？」

見我翻書、沉吟，昭翡說：「你考慮看看——」

其實沒有什麼好考慮的，哪吒自有他的生命和去向。只是當我翻開早年創作的七篇小說，雖非紀實，卻隱藏了家族親人的生命和情感影跡。故人已逝而記憶猶新，令我為之一愴神。

那時最後一篇小說是〈奪水〉，文體和角色既曖昧又抽象；彷彿是存在主義哲學家，在思維的黑窟窿中左衝右突，頭上撞出的無明腫瘤。讀它覺得駭然，連我自己都不認識了。

「孩子，瞧你，又在黑暗裡撞了頭了，

來，我幫你揉揉……

有什麼用，你還會再碰，一次又一次，

黑暗裡，你要用頭撞開什麼呢？

……」

左圖為「觀蓮菩薩」，右圖為「哪吒蓮花化身」；二圖合成「母子會」。

〈奪水〉的創作靈感源自民間「八臂哪吒城」傳說。語言敘述中的主角高亮在小說裡像是薛西弗斯式的悲劇英雄。他在莫名所以的生之欲驅使下，拚命左衝右突，想為城池奪得甜水，卻落得在暗濁苦水中團團轉：

「從你眼中的血絲，我看到你父親逞力氣被城磚壓死的慘相。從你眼裡的火光，我看到你母親與人通姦為愛而發狂……呵呵！孩子。你可知道他們現今在哪裡？那幽暗和寒冷不久你也得前赴……他們封閉在地下最黑暗的水泉，以頭撞石，想重見光明。

呵呵，孩子。

他們成了一種古怪的魚！」

昭翡走後，重讀昔年小說——我文學的前世。讀完〈奪水〉才知道我從前的哪吒和棄嬰情結有多麼嚴重。也明白自己何以擱下寫作之筆，不再能夠創作小說。〈奪水〉中的高亮其實是未能化蓮的哪吒，被囚禁在茫然、黑暗的靈魂中。如果無盡輪迴都是苦痛和顛倒夢想，還需要我去添加任何艱澀而無解的文句嗎？

歲月匆匆，一晃便白了頭；我謹守佛法，但願早日明心見性、解脫煩惱。

父親去世了，母親去世了，兄姊中一向最照顧我的三姊也久病去世……當一切走向消逝，奇妙的謎底卻彷彿呼之欲出——

因為患腦積水，進行顱骨開刀引流手術，三姊足足在病床上癱瘓六年。長年身體不自由，她的心智似乎滑落入沉默和遺忘的世界裡；我去探望，她也不愛搭理。

三姊最後的話語，是床邊照護她的外傭阿玲，以不太流利的中文向我傳述的——

那一天，阿玲邊照料三姊，邊逗趣地問道：「阿媽，你還認得我是誰嗎？」

床上三姊瞪視這位來自印尼爪哇島的外傭。打六年前病倒下來，多數時間裡，阿玲都與三姊住在一間房裡；同眠同起，以便貼身照應。每隔不多時，無論是鼻子癢了、嘴巴乾澀了，或者屁股壓痛了，三姊就會「阿玲阿玲」的嚷起來；因為阿玲就是三姊的手、三姊的腳。

被阿玲詢問，三姊彷彿認真思考，然後回答：「我認得——你就是我。」

阿玲訝異的笑了，再追問：「那麼，你又是誰呢？」

「我？」三姊答得乾淨俐落：「我就是你啊！」

「你就是我，我就是你。」如此簡明的真理，也得遍歷苦難，方能一語道破。

三姊的遺言直指「無緣大慈、同體大悲」觀音法門，便是我晚年的俯首皈依處。

答應了昭翡出小說集的計畫，因此開始動筆起草這篇「七十回顧」。不是為自己，而是替哪吒彌補一段時空行跡。老人提筆，與早年完全不同；如發動老火車頭，要加許多燃料、噴許多煙，才能緩緩啟動。我又想：也許連寫作都嫌多餘，在日常世間，神話從不曾缺席，只是人們無暇注意，也無知於內在與之相應的奧祕罷了。

生命存在的大疑，渴望被認可、肯定的棄兒心結，捨凡證真的無上悲願，哪吒神話傳說在在牽動人們的集體潛意識。自明清以降，哪吒三太子在台灣的民間信仰中抵達空前鼎盛，也反映了近代史浪濤中，台灣人內在潛伏的棄兒情結罷。我一邊龜行蝸步的寫稿，一邊想著人類心靈的流浪和歸宿。

啊！我忽然憶起：三十多年前，母親仍在世、新店溪畔還有稻田、河畔蔓生野薑花和菅芒草的年代，我常在河灘上赤腳涉水、散步、撿拾圓整好看的鵝卵石。有一回，我居然發現一座遭棄置的木製神龕，歪倒在銀白盛開的芒草花叢中。

神龕約一個小人高，作傳統歇山頂屋型，三面牆敞開門戶，簷前懸銅鈴、立雙柱，造型樸素耐看。我越看越愛，便把這座神龕扛回家去。

既然是空龕，我便增設一片橫板，成為上下兩層的書架。三十年來，它在書房

安置哪吒神像在畫室臨窗角落，是為一堂之奧。

《觀世音菩薩普門品》與詠哪吒聯句。

默默地庇護了重要經典如《清淨道論》、《阿含經彙編》、《華嚴經全集》等。由於都是平日少觸碰的重量級經典，我幾乎把這座莊嚴的神龕都給忘了。

心念乍動，我放下寫作。起身取軟尺去量木座神龕尺寸。哇，高八十公分、橫寬四十公分，可不正好是我拾來哪吒的家嗎？

我立即取出經書，卸除橫板，把神龕搬到畫室、安置哪吒雕像的臨窗角落。我搬哪吒入龕，恰如量身打造，完美無比；這時，即使是木雕，大概也要與我一般笑出聲來了。

畫室中修觀音畫稿的手藝人。

就這樣，半世紀路程歷歷在目，哪吒終於浪遊歸家。我為出版小說而作的「七十回顧」一文稿也接近完成。行文而不厭其煩，在此記下兩段詠哪吒聯句，已然布置在三太子家中。

其一：

剜肉剔骨非棄世
蓮花化身證菩提

其二：

緣起無我視諸法為夢幻
捨身化蓮歸住自性光明

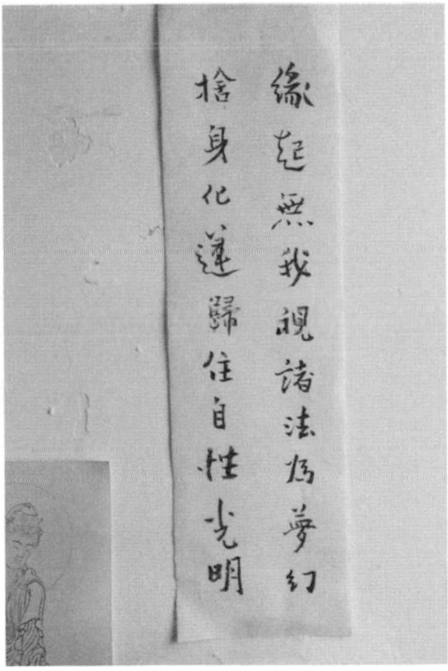

至於銀髮老人與少年哪吒素面相對，便就只有合十誦唸古巴利文佛說《慈經》禪修偈句，是一份對世界光明圓滿的祝願：

願我遠離苦惱，願我平安快樂；

願你遠離苦惱，願你平安快樂；

願一切世間眾生，無論柔弱或強壯，體型微小、中等或巨大，可見或不可見，居住在近處或遠方，已出生、或尚未出生，願他們都能遠離苦惱，願他們都能得到平安快樂。

奚淞初稿於二〇一八年四月二十五日晨

古巴利文佛說《慈經》（Metta Sutta）中摘出祝福一切有情眾生的誦句。

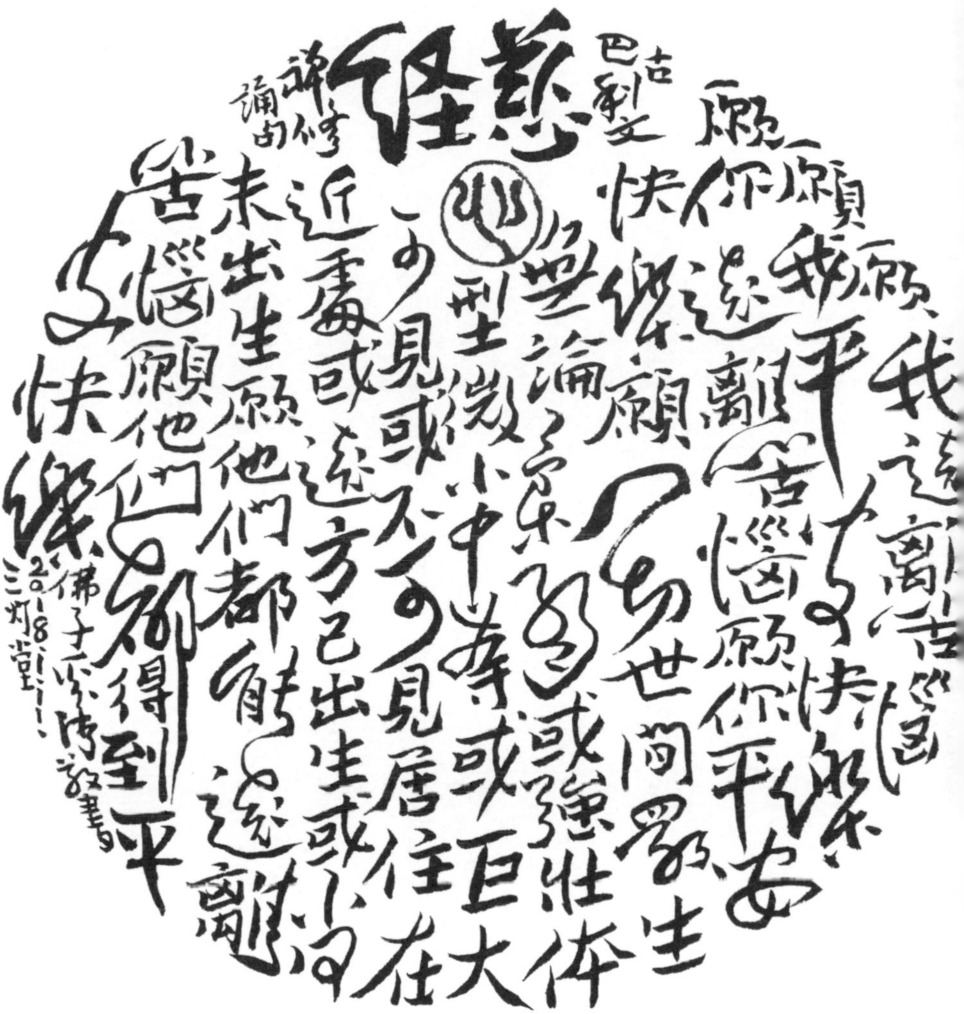

哪吒

聯合文叢 633

封神榜裡的哪吒

作　　者／奚　淞
發 行 人／張寶琴
總 編 輯／周昭翡
主　　編／蕭仁豪
資深編輯／尹蓓芳
封面設計／好春設計・陳佩琦
扉頁剪紙繪作／奚　淞
內頁圖片攝影／林保寶
資深美編／戴榮芝
業務部總經理／李文吉
行銷企畫／許家瑋
發行助理／簡聖峰
財 務 部／趙玉瑩　韋秀英
人事行政組／李懷瑩
版權管理／蕭仁豪
法律顧問／理律法律事務所
陳長文律師、蔣大中律師
出 版 者／聯合文學出版社股份有限公司
地　　址／(110)臺北市基隆路一段 178 號 10 樓
電　　話／(02)27666759 轉 5107
傳　　真／(02)27567914
郵撥帳號／17623526 聯合文學出版社股份有限公司
登 記 證／行政院新聞局局版臺業字第 6109 號
網　　址／http://unitas.udngroup.com.tw
E-mail:unitas@udngroup.com.tw
印 刷 廠／沐春行銷創意有限公司
總 經 銷／聯合發行股份有限公司
地　　址／(231)新北市新店區寶橋路235巷6弄6號2樓
電　　話／(02)29178022

出版日期／2018 年 7 月　初版
2018 年 8 月 27 月　初版二刷第一次
定　　價／380 元

ISBN 978-986-323-268-1（平裝）

國家圖書館出版品預行編目資料

封神榜裡的哪吒 / 奚淞作 .
-- 初版 . -- 臺北市 : 聯合文學 , 2018.7
224 面 ;14.8×21 公分 . --（聯合文叢 ; 633）

ISBN 978-986-323-268-1（平裝）

857.63　　　　107010446

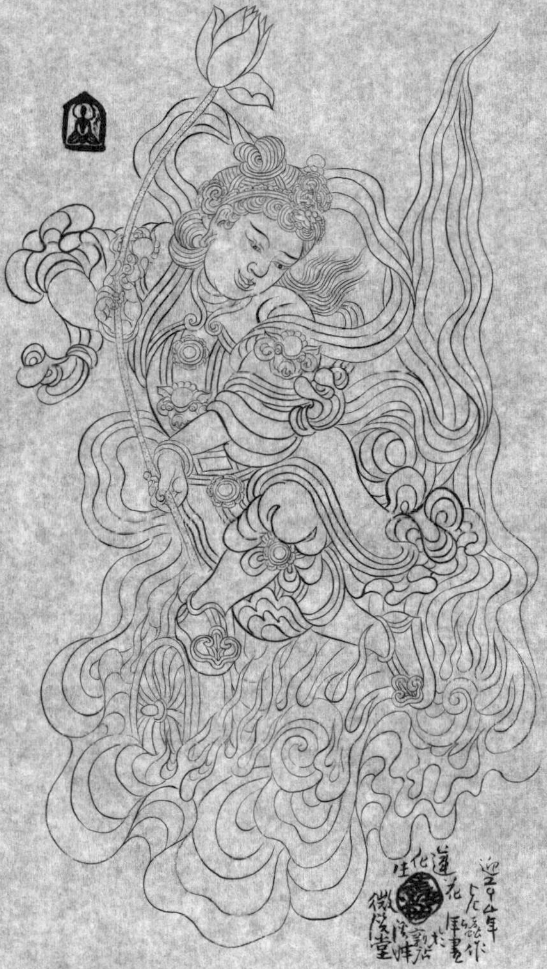
蓮花化生